Zu diesem Buch

Erzählt wird die Geschichte einer zunächst kaum eingestandenen, dann aber unaufhaltsam wachsenden Liebe: die Liebe des schüchternen Gerhard Grote zur scheuen Rosa Täfelein, beide Angestellte der Firma Brummer & Co., Damenputz en gros. Dem etwas schmächtig geratenen jungen Mann fehlt es an Selbstvertrauen, und es fällt ihm schwer, dem nicht minder befangenen Fräulein Täfelein aus dem Samtlager seine Liebe zu gestehen. Hätte Rosa nicht längst merken müssen, warum er sich öfter als notwendig in ihrer Abteilung zu schaffen macht? Und was sollen sie beide bloß tun, als sie plötzlich als Verlobte gelten, obwohl noch kein Liebeswort zwischen ihnen gefallen ist? Auf einer Geburtstagsfeier, bei der die zwei Zaghaften gezwungen werden, sich vor den Kollegen einen Kuß zu geben, glaubt der Schüchterne zu spüren, daß seine Gefühle von seiner Angebeteten endlich erwidert werden. Aber noch stehen dem Glück einige Hindernisse im Wege, vor allem der kauzige Schwiegervater mit seinen ewigen Gesundheitstees. Doch in der Gefahr, seine Rosa zu verlieren, wird Gerhard Grote zum Mann und entdeckt, daß es leichter ist «zu kämpfen, als sich schweigend zu fügen».

Hans Fallada wurde am 21. Juli 1893 in der kleinen Universitätsstadt Greifswald als ältester Sohn eines Landrichters und späteren Reichsgerichtsrats geboren. Nach humanistischer Vorbildung übte er lange Jahre hindurch die verschiedensten Berufe aus, war landwirtschaftlicher Beamter und Buchhalter, Kartoffelzüchter und Nachtwächter, Adressenschreiber, Getreidehändler und Anzeigenwerber. Zwischen 1919 und 1920 schrieb er zwei heute vergessene expressionistische Romane. Dann schwieg er ein Jahrzehnt. 1931 erschien sein erster erfolgreicher Roman «Bauern, Bonzen und Bomben» (rororo Nr. 651), eine zeitnahe Darstellung Deutschlands um 1930, angeregt durch seine Teilnahme als Berichterstatter am Landvolkprozeß in Neumünster 1929. Ein Jahr später machte ihn sein Arbeitslosenroman «Kleiner Mann – was nun?» (rororo Nr. 1), der zweimal verfilmt wurde, weltberühmt. Weitere internationale Bucherfolge schlossen sich an. Die Kriegswirren führten Fallada, der inzwischen auf einem ländlichen Besitztum in Mecklenburg zurückgezogen gelebt hatte, 1945 wieder nach Berlin zurück, das er in vielen Büchern aufs lebendigste geschildert hatte und wo er am 5. Februar 1947 starb. Über sein Leben und Wirken berichtet er in den beiden Werken «Damals bei uns daheim» (rororo Nr. 136) und «Heute bei uns zu Haus» (rororo Nr. 232).

Als rororo-Taschenbücher erschienen ferner: «Wer einmal aus dem Blechnapf frißt» (Nr. 54), «Der Trinker» (Nr. 333), «Jeder stibt für sich allein» (Nr. 671), «Wolf unter Wölfen» (Nr. 1057), «Kleiner Mann – Großer Mann – alles vertauscht» (Nr. 1244), «Ein Mann will nach oben» (Nr. 1316), «Wir hatten mal ein Kind» (Nr. 4571), «Süßmilch spricht» (Nr. 5615) und «Geschichten aus der Murkelei» (Teil 1: rotfuchs Nr. 233, Teil 2: rotfuchs Nr. 248).

In der Reihe «rowohlts monographien» erschien als Band 78 eine Darstellung Hans Falladas mit Selbstzeugnissen und Bilddokumenten von Jürgen Manthey, die eine ausführliche Bibliographie enthält.

Hans Fallada

Zwei zarte Lämmchen weiß wie Schnee

Eine kleine Liebesgeschichte

Mit 23 Illustrationen
von Wilhelm M. Busch

Rowohlt

68.–82. Tausend Juni 1993
Neuausgabe

Veröffentlicht im Rowohlt Taschenbuch Verlag GmbH,
Reinbek bei Hamburg, Juni 1993
Copyright © 1967 by Rowohlt Verlag GmbH,
Reinbek bei Hamburg
Alle Rechte vorbehalten
Umschlaggestaltung Barbara Hanke
Foto: Martin Badekow/Berlinische Galerie,
Photographische Sammlung. Mit freundlicher
Genehmigung von Herrn Heinz M. Badekow
Satz Garamond (Linotronic 500)
Gesamtherstellung Clausen & Bosse, Leck
Printed in Germany
600-ISBN 3 499 13320 2

Zwei zarte Lämmchen
weiß wie Schnee

Süße Wachträume

Gerhard Grote war, im Widerspruch zu seinem Namen, kein großer Mann. Nein, körperlich war er eher etwas klein, fast kümmerlich geraten. Und wenn oft von solchen zu kurz Geratenen gesagt wird «Klein, aber oho!», so traf nicht einmal dies auf ihn zu: Er war auch noch ein ausnehmend schüchterner junger Mann, ohne jegliches Selbstvertrauen.

Bei solch körperlicher und seelischer Beschaffenheit hatte es einer langen Zeit bedurft, bis Gerhard Grote nur sich selbst im stillen Kämmerlein zu gestehen wagte, daß er sie...

Aber jedenfalls war solch Geständnis erst dann erfolgt, als er abends im Bett lag und das Licht gelöscht hatte.

Nun war es also vollständig dunkel. Das heißt, in allerletzter Zeit war er manchmal schon so früh ins Bett gegangen, daß es noch gar nicht richtig dunkel war. – Woran das nun immer liegen mochte, daß er jetzt schon so früh ins Bett ging, vielleicht ermüdete ihn seine Büroarbeit mehr als früher?

Also, ob ganz dunkel oder halbdunkel oder dämmerig oder fast noch hell, da lag er nun im Bett und dachte. Er erinnerte sich... Oder er malte sich auch aus – er malte sich Situation auf Situation aus, stundenlang –, er kam direkt mit seinem Schlaf zu kurz, obgleich er seiner geschäftlichen Übermüdung wegen immer früher ins Bett stieg!

Bei solchem hartnäckig fortgesetzten Lebenswandel war es schließlich unvermeidlich, daß Gerhard Grote endlich doch, trotz Schüchternheit und Kümmerlichkeit, die herrliche Entdeckung machte, daß er sie liebte, daß er ihretwegen so zeitig schlafen ging, um von ihr mit offenen Augen träumen zu können. Gott, als er sich das erst eingestanden, als er den Mut aufgebracht hatte, sich selbst zu glauben, er, der kleine Grote, liebe, liebe ganz allein, liebe für sich privat gewissermaßen, eine völlig selbständige Aktion, nur zur Freude von Gerhard Grote unternommen – Himmel, wie beseligt war er da! Er stand doch wahrhaftig mitten in der stickedustern Nacht auf, suchte im Dunkeln seine lange vernachlässigten Hanteln aus dem Kleiderschrank und machte in der Rabenschwärze auf dem Bettvorlegerchen Hantelübungen, verbunden mit Körpergymnastik:

«Eine, zweie, dreie, viere!»

Als er schließlich wieder unter seiner Decke lag, war er durch diese Hantelübungen – in Gedanken – bereits so kräftig geworden, wie er einst in Wirklichkeit von ihnen erhofft hatte. Mühelos befreite er Rosa Täfelein aus den gefährlichsten Situationen, und besonders diesen eklen, großsprecherischen Marbach, der in letzter Zeit, wie er eben entdeckt hatte, viel zuviel bei Fräulein Rosa im Samtlager steckte – diesen Burschen erledigte er mit einem Kinnhaken!

Und von nun an konnte mit stolzer Freude weitergeträumt werden in dem ruhigen Bewußtsein: ich, Gerhard Grote, liebe!

Bei Tage sah er sie dann und wann, wenn er gerade im dritten Stock zu tun hatte, nicht übermäßig häufig, sah sie aber in ihrer braunen und elfenbeinfarbenen Lieblichkeit oft genug, um seinen Träumen neuen Stoff zu geben. Manchmal sagte sie vielleicht sogar zu ihm: «Ach, Herr Grote, seien Sie doch so freundlich und helfen Sie mir den Karton ins obere Fach hinauf!»

Worauf er natürlich sofort die Leiter hochkletterte, und beim Zureichen des Kartons berührten sich vielleicht sogar ihre Finger: einfach köstlich! Aber selbstverständlich nichts im Vergleich zu seinen Träumen!

Demnach war der kleine Grote in der Gefahr aller Träumer, das Leben (und die Rosa) über seinen Träumen zu versäumen. Doch nun geschah die Sache mit der Ratte!

Natürlich hätte es in einem so alt angesehenen Hause wie dem von Brummer & Co., Damenputz en gros, Ratten überhaupt nicht geben dürfen. Aber das Haus lag, schon aus Tradition, immer noch in der Altstadt, mit der Rückseite an einem Fleet, und da waren Ratten eben unvermeidlich. Es gab Katzen im Haus und Rattenfallen und Meerzwiebeln und dreimal im Jahr regelmäßig große Giftaktionen mit einem Kammerjäger. Aber deswegen lebten die Ratten immer weiter im Hause, nicht sehr viele, nicht mehr, als mit der Würde des Hauses verträglich war, aber doch immer genug, um die jungen Lageristinnen, Kontoristinnen und Verkäuferinnen manchmal arg zu erschrecken.

Rosa Täfelein war Lageristin, daher trug sich der Rattenfall auf dem Samtlager zu. Gerade trat Gerhard Grote ins Lager ein, am Tisch lehnte Marbach und sah frech (fand Gerhard) zu, wie Rosa sich auf der obersten Leitersprosse in der dunkelsten Lagerecke mit einem ganz verstaubten, alten, schweren Karton abmühte. Sie hatte ihn ziemlich weit vorgezogen, der Karton bekam schon Übergewicht, wollte rutschen…

«Warten Sie bitte einen Augenblick, ich helfe!» rief Gerhard Grote. Da sprang aus oder über oder neben dem Karton – so genau war es in der Eile gar nicht zu sehen – eine große rotbraune Ratte hervor.

Das Mädchen stieß einen Schreckensschrei aus, der Karton fiel, die Ratte lief schon über den Tisch, an Herrn Marbach, der sie wild anstarrte, vorbei und verschwand mit einem Sprung durch die offene Tür auf den Gang hinaus.

Ganz unnötig war Gerhard Grote die Leiter hinaufgelaufen, hatte die Schuhe des jungen Mädchens krampfhaft umklammert und gerufen: «Haben Sie bloß keine Angst, sie ist schon weg!»

Herr Marbach aber rief verblüfft: «So ein Biest! Ganz rot

war sie – wie ein Fuchs! Auf zwanzig Zentimeter an meiner Hand vorbei – sie hätte mich ja beißen können, dies Biest!»

Und alle erwachten gewissermaßen. Fräulein Täfelein sah auf ihre Schuhe hinunter und flüsterte: «Oh, bitte nicht, Herr Grote!»

Gerhard zog seine Hand verlegen zurück und sagte: «Direkt aus dem Karton muß sie gesprungen sein! Direkt heraus!»

Während Herr Marbach spöttisch meinte: «Was wolltest du denn mit den Schuhen, Grote? Dachtest du, das waren die Ratten? Komisch finde ich das!»

Worauf Fräulein Täfelein wie Herr Grote glühend rot wurden.

Schließlich wurde der herabgefallene Karton auf den Tisch gestellt und eine Debatte in Gang gesetzt, ob die Ratte aus oder neben dem Karton hervorgekommen sei. Nun wurde auch das Loch in der Seitenwand entdeckt, der Deckel von den Herren abgehoben – Fräulein Täfelein stand mit angehaltenem Atem abseits –, ja, dieser Samt mußte glatt abgeschrieben werden, er war völlig unbrauchbar. Madame Ratz hatte ihn wohl schon öfters als Wochenbett benutzt.

«Eine bildschöne Schweinerei!» sagte Marbach. «Sie müßten wirklich öfter die Lagerecken nachsehen, Fräulein Täfelein! Der Chef wird nicht gerade entzückt sein.»

Während Gerhard Grote beim Weggehen flüsterte:

«Wenn Sie solche Kartons runterzuholen haben, klingeln Sie immer nach mir. Ich helfe Ihnen gerne.»

An diesem Abend hatte er es nicht nötig, sich Wachträume auszudenken, das Leben selbst hatte ihm Stoff genug gegeben. Er erinnerte sich ihres dankbaren Blickes, doch auch der winzigen Schuhe und zarten Fesseln. Er hatte sie auch noch vor Geschäftsschluß trösten können: «Manchmal ist der Chef einfach ein Ekel!» Denn der Chef hatte (wie Marbach) allein Rosa Täfelein die Schuld für den verdorbenen Samt zugeschoben, wenngleich jeder im Hause wußte, Rattenschäden kamen immer wieder vor, sie waren unvermeidlich.

Rosa hatte geweint, und er hatte sich mannhaft auf ihre Seite und gegen den Chef gestellt – süße Wachträume!

Von da an nahm diese Liebe mit freundlichen Blicken, Mißverständnissen, Schmollen, kleinen Seufzern, leeren Reden und beredtem Schweigen ihren üblichen Verlauf, bis eines Tages die Prokuristin der Firma, das ältliche Fräulein

Mieder, mit einiger Schärfe sagte: «Sie, hören Sie mal, Sie, Herr Grote! Ich finde, Sie sind ein bißchen viel auf meinem Lager – finden Sie nicht auch?»

Wenn die beiden bis dahin in einem Zustand völliger Weltfremdheit gelebt hatten, so erwachten sie plötzlich bei dieser rauhen Mahnung, sahen sich in die erblaßten Gesichter – und verstummten tief! Die Entdeckung, daß die Augen der Welt auf ihm ruhten, verstörte den kleinen Grote so sehr, daß er jetzt selbst bei völlig berechtigten Besuchen auf dem Lager nicht hochzusehen und nur abgerissen zu sprechen wagte. Eilends ging er dann, ehe er noch einen Blick seiner Rosa aufgefangen hatte.

Des Abends freilich, vor dem Einschlafen, tat er Fräulein Mieder die schrecklichsten Dinge an. Er ging soweit, ihr kleines Siedlungshäuschen, das sie bekanntermaßen besaß, in Flammen aufgehen zu sehen – freilich rettete er sie dann beherzt aus dem lodernden Dachstuhl (Fräulein Mieder wog gut ihre 80 Kilo, Herr Grote knapp 50!), worauf sie, kaum aus der Ohnmacht erwacht, ihn weinend um Verzeihung bat und ihn anflehte, ihr und ihren Lageristinnen beim Inventarisieren des Lagers zu helfen! Aber Träume dieser wie Träume sehr anderer Art, rachefreie, liebreiche, konnten ihn nicht mehr sättigen: so selten er Fräulein Täfelein auch sah, um so elfenbeinfarbener schien sie ihm, ja, ein paarmal kam es ihm vor, als habe sie rotgeweinte Augen. Wenn diese Mieder, wenn dieser Marbach, wenn Herr Brummer selbst, wenn sie ihr zusetzten, so sollten sie etwas mit ihm erleben! Er mußte mit ihr sprechen, er mußte hören...

Doch schien das ganze Damenputzhaus jetzt nur aus Augen und Ohren zu bestehen. Immerzu schlugen Türen, schlichen Sohlen über die Gänge, klingelten Telefone, brummte drohend der Fahrstuhl.

Er stand aber endlich doch bei ihr, er hatte die Faktur für die Schwestern Niedlich in Bad Bramstedt in der Hand, er wollte sie fragen... Ja, er hatte es sich schon so lange vorgenommen, er fing an:

«Fräulein Täfelein», fing er an, und die Faktur zitterte in seiner Hand.

«Ja?» fragte sie leise und fuhr fort, ihre Baskenmützen nach Farben und Größen zu sortieren, sah ihn nicht an.

«Fräulein Täfelein!» sagte er wieder und tat einen Schritt auf sie zu. «Ich wollte Sie fragen... Sie müssen verstehen, ich mache mir doch Sorgen...»

«Ja...» sagte sie noch einmal. Vielleicht sah sie ihn diesmal sogar ein bißchen von unten her an. Lächelte sie dabei – etwa über ihn?

Einen Augenblick verließ ihn sein Mut.

«Da ist diese Rechnung von Niedlich aus Bramstedt», fing er an. «Sie behaupten, bei der Frühjahrskollektion sei ihnen ein grauer Herrenhaarhut mitgeschickt worden. Bedenken Sie, ein grauer Herrenhaarhut, taubengrau, für die Schwestern Niedlich in Bad Bramstedt!»

Und er sah sie ganz verzweifelt an.

Aber sie war wohl ebenso schüchtern wie er, oder sie verstand nicht, daß es nicht der taubengraue Herrenhaarhut war, der ihn in solche Verzweiflung trieb.

«Bei mir kann das unmöglich passiert sein, Herr Grote», sagte sie leise. «Ich habe schon lange keine Herrenhüte mehr auf Lager. Vielleicht fragen Sie mal Fräulein Pech...»

«Fräulein Täfelein!» flüsterte er fast vorwurfsvoll. «Ich will Sie fragen, und Sie schicken mich zu Fräulein Pech! Ich will Sie fragen... Und dabei sind Sie immer so blaß! Ich mache mir doch Sorgen!»

«Bin ich blaß?» fragte sie leise und war in diesem Augenblick bestimmt nicht blaß, selbst Gerhard Grote sah es.

«Nein», sagte er eilig. «Vielleicht sind Sie nicht blaß, aber... Vielleicht habe ich es mir nur eingebildet. Aber Sie weinen doch nicht?»

«Nein», antwortete sie schluckend. «Nein, ich weine nicht. Wie kommen Sie darauf, Herr Grote?» Ihr Schmerz wollte sie überwältigen, fast schon schluchzend sagte sie: «Sie dürfen mich so etwas nicht fragen, Herr Grote! Dann muß ich ja weinen! Ach Gott, ich bin ja so unglücklich! Und nun dieser Herrenhut von Niedlich! Alle werden wieder sagen, ich bin es gewesen! Und Sie fragen mich, ob ich weine, Herr Grote!»

Die Tränen liefen ihr über das Gesicht, kleine silberne Tropfen, und sie suchte nach ihrem Taschentuch. Sie konnte es nicht finden und fing an, mit der Hand zu wischen. Dabei schluchzte sie schrecklich.

«Fräulein Täfelein!» sagte er flehend, und die Tränen standen auch ihm schon in den Augen. «Fräulein Täfelein, machen Sie sich doch bitte keine Gedanken um den Hut! Ich kläre den Fall bestimmt – und zu Ihren Gunsten!»

Er versuchte, nach ihrer Hand zu haschen. «Fräulein Täfelein!» bat er immer verzweifelter.

«So, sehr hübsch!» sagte Fräulein Mieder mit Schärfe und sah durch ihre Hornbrille ohne jedes Wohlwollen auf das Tränen-Duo. «So – hier stecken Sie wieder mal, Herr Grote!» Sie schüttelte ihre männermäßig kurzgeschnittenen grauen Locken. «Ich finde, Sie sollten Ihre Privatangelegenheiten außerhalb der Geschäftszeit erledigen – finden Sie nicht auch?»

Sie sah ihn durchbohrend an.

«Ich versichere Ihnen, Fräulein Mieder», stammelte der kleine Grote bestürzt, «es ist eine Geschäftsangelegenheit! Ich habe hier eine Rechnung für Niedlich in Bad Bramstedt. Es handelt sich um einen taubengrauen Herrenhaarhut…»

«Und über diesen Hut weint Fräulein Täfelein», antwortete die Mieder trocken. «Sehr wahrscheinlich, Herr Grote!»

Und schwieg. Fräulein Täfelein hatte ihr Taschentuch gefunden und war hinter ihm verschwunden. Man hörte in der

plötzlichen Stille nur ein paar seltsame Laute von ihr. In tödlicher Verlegenheit sah Gerhard Grote von der Prokuristin zur Lageristin, von dem Taschentuch zur Hornbrille. Fräulein Mieder weidete sich an diesem Anblick. Schließlich fragte sie süß: «Wie wäre es, wenn Sie jetzt mein Lager verließen, Herr Grote?»

Ein tiefer Seufzer hob seine Brust. «Es war aber wirklich nichts, Fräulein Mieder», fing er an. «Wenn ich Ihnen erklären dürfte, Fräulein Mieder...»

«Sie sollen das Lager verlassen, Herr Grote!»

«Aber Fräulein Täfelein hat wirklich nicht... Sie dürfen ihr keine Vorwürfe machen. Ich allein...»

«Das ist ja lieblich!» sprach Fräulein Mieder, und ihr Gesicht sagte, wie wenig lieblich sie das fand. «Sie wollen mir Vorschriften machen? Sie verweigern Ihrer Vorgesetzten den Gehorsam? Jetzt aber raus, Herr Grote! Wir sprechen uns noch, aber woanders – nicht auf meinem Lager!»

Und damit war der kleine Grote aus dem Lager hinausgesetzt. Er wußte selber nicht, war er von selbst gegangen oder hatte sie ihn hinausgeschoben? Träumend, aber sehr anders als sonst träumend, sah er die graugestrichene Tür an: Was ging nun hinter ihr vor? Machte sie ihr doch Vorwürfe? Das Erlebnis eben erschien ihm sehr viel unwirklicher als alle seine Wachträume! Unwahrscheinlicher! Er, der bisher so glatt und unauffällig seinen Lebensweg gegangen war, saß nun in den schrecklichsten Verwirrungen! Ein weinendes Mädchen, eine empörte Vorgesetzte, Gehorsamsverweigerung und in Aussicht gestellte Abreibung beim Chef... Er drückte auf den Fahrstuhlknopf, der Fahrstuhl schnurrte zu ihm herauf. Er trat ein, schlug die Tür hinter sich zu, drückte den Knopf ‹Erdgeschoß› und sank aus den verlockenden Höhen des Putzes in die graue Tiefe seiner Buchhalterei.

Aber schon unterwegs überwältigte ihn der Gedanke an Rosas hilfloses der bösartigen Mieder Ausgeliefertsein mit solcher Macht, daß er den Halteknopf drückte, worauf er wieder gen oben fuhr.

Doch was sollte er der Mieder sagen? Dieses Mannweib war derart beschaffen, daß sie nie jemanden zu Worte kommen ließ. Würde er nicht alles noch weiter verschlimmern? Sie hatten Privatdinge getrieben, Niedlichs Faktur war nur ein Vorwand gewesen!

Durch das Gitterwerk der Türen spähte er auf den Gang des dritten Stocks. Er kämpfte noch mit sich, als Schritte nahten: fluchtartig schwebte er hinab zum Erdgeschoß.

Er war mitten zwischen zwei Stockwerken, als er wieder Halt gebot. – Ich muß mir klarwerden, dachte er. Schließlich habe ich an allem schuld. Nie habe ich gewollt, daß sie meinetwegen weint! Er versank in tiefes Grübeln. Er erinnerte sich seiner ersten Träume, des Glücks, als er seine Liebe entdeckte, des nächtlichen Hantelns, der Ratte, des eklen Marbach, der ersten Miederlichen Mahnung, der eben erfolgten zweiten. Hinter dem Taschentuch war Fräulein Täfeleins Gesicht nicht zu sehen gewesen, sie hatte ihn nicht mehr angeschaut, sie war böse mit ihm. Sie mußte mit ihm böse sein, in solche Lage hatte er sie gebracht.

Und seine Phantasie entführte ihn flugs aus dem engen Fahrstuhlgebäude nach Bad Bramstedt. Er klärte für Rosa den Fall mit dem taubengrauen Herrenhut auf. Mehr noch: Er hatte in der Lotterie gewonnen, er kaufte das Niedlichsche Geschäft, als Einkäufer, als Sieger stand er vor Fräulein Täfelein. Leise flüsterte er ihr zu: ‹Bist du nun zufrieden?›

Unterdes geriet das Haus Brummer & Co. in Aufruhr. Aus allen Stockwerken gellten die Klingeln nach dem Fahrstuhl, der Träumer hörte nichts.

«Der Fahrstuhl ist steckengeblieben! – Es muß jemand drin sein! – Wer denn? – Ich kann nur seine Beine sehen, nach den Beinen ist es der kleine Grote. – Das kann stimmen. Der kleine Grote fuhr vorhin auf die ‹Drei›. – Ob man zu einem Schlosser schickt? – Ist er denn allein drin? – Da müssen Sie aber erst Fräulein Mieder fragen! – Das möchten Sie so: allein zu zweien!»

Nach einer gewissen, übrigens nicht sehr langen Zeit erwachte der Träumer, hörte das Gellen der Klingeln und fuhr ins Erdgeschoß, denn oben auf dem Lager hatte er durch seine Träume bereits alles aufs beste geregelt.

Fünf neugierige, zornige, sachverständige Gesichter begrüßten ihn.

«Was war denn das für 'ne Verkehrsstockung? – Sie sind wohl eingeschlafen, Grote? – So 'ne Rücksichtslosigkeit! – Nee, nicht mal geraucht hat er!»

«Nun, Herr Grote!» sagte das plötzlich auftauchende Fräulein Mieder mit Schärfe. «Sie haben sieben Minuten im Fahrstuhl gesessen! Finden Sie das nicht ein bißchen lange? Ich finde es!»

«Sieben Minuten?» fragte Gerhard Grote verwirrt.

Ihm war es, als habe er eben erst das Lager mit der weinenden Rosa verlassen, und die Mieder sei unbegreiflich rasch ins Erdgeschoß hinabgestürmt.

«Ja, sieben Minuten!» wiederholte sie streng. «Was haben

Sie denn im Fahrstuhl gemacht? Ist er nicht in Ordnung?»

«Ich weiß nicht. Doch, ich glaube, er ist in Ordnung. Ich dachte nur, ich müßte noch mal...»

«Nun, was müßten Sie? Sie wollten wohl noch mal nach oben?»

Gerhard Grote nickte nur. Eben erst hatte er unter all den neugierigen, gespannten und strengen Gesichtern hinter den Schultern Fräulein Mieders Rosa Täfelein entdeckt. Auch sie war also hier unten!

Ganz aus der Ferne nur hörte er die Miedersche empörte Stimme: «Eben erst habe ich Ihnen mein Lager verboten, und schon wollen Sie wieder hinauffahren! Und Sie fahren nicht nur hoch, Sie halten auch den ganzen Betrieb auf!»

Grote hört das alles nur ganz aus der Ferne. Das energische Gesicht der bösen Mieder mit der dunklen Hornbrille verliert all seinen Schrecken, er sieht nur das blasse, unglückliche Gesicht Fräulein Täfeleins. Ihren Augen ist noch anzusehen, daß sie geweint hat. Und diesmal hat sie bestimmt um seinetwillen geweint!

Die Posaune des Gerichts dröhnt ewig fort: «Das sind ja ganz unmögliche Zustände! Finden Sie, daß Sie dafür bezahlt werden? Sofort kommen Sie mit zum Chef! Fräulein Täfelein, Sie kommen auch mit! Rumpoussieren dulde ich nicht auf meinem Lager!»

«Einen Augenblick, bitte!» sagte plötzlich der kleine Grote mit fester Stimme. «Ich habe nicht rumpoussiert! Sie dürfen Fräulein Täfelein auch nicht beleidigen! Ich habe...»

«Das können Sie alles Herrn Brummer erzählen», fängt Fräulein Mieder ungeduldig an.

Aber ihr Angestellter unterbricht sie einfach.

«Ich habe mich mit Fräulein Täfelein verlobt!» sagt er mit stolz erhobener Stimme und fühlt nun doch, wie sein Herzschlag stockt.

Er sieht von allen Gesichtern keines außer dem Rosas. Das bekommt plötzlich einen schmerzhaft erschrockenen Ausdruck, etwa, als habe sie jemand gekniffen.

Dann weiten sich ihre Augen, fangen an zu glitzern, ihr Mund verzieht sich...

«Jawohl, ich habe mich mit Fräulein Täfelein verlobt», wiederholte Gerhard Grote noch einmal, aber schon wesentlich schwächer.

«Warum haben Sie mir das denn nicht schon oben gesagt?» fragt Fräulein Mieder völlig verblüfft und doch schon halb versöhnt. «Das ist ja etwas ganz anderes. Ich finde bloß das olle Rumpoussieren so schrecklich. Fräulein Täfelein, warum haben Sie mir kein Wort davon gesagt?»

Alle sehen die kleine, zierliche Rosa Täfelein an. Sie wird

unter diesen vielen Blicken glühend rot. Sie stammelt: «Ich... Er... Ich meine, Herr Grote... Er hat ja nicht...»

Aber sie hat weder den Mut, ihn Lügen zu strafen, noch die Wahrheit seiner Worte vor so vielen Menschen anzuerkennen. Sie schluchzt auf, schon stürzen ihre Tränen, sie ruft verzweifelt: «Und er war doch nur oben wegen des Herrenhuts!»

Und schon stürzt sie ab, weinend, an jenen Ort, wo auch das geplagteste Geschäftsfräulein sicher ist vor neugierigen Kollegen, bösen Mieders, unbegreiflichen Grotes.

Gerhard Grote wollte ihr durchaus nach, erst ein Machtwort von Fräulein Mieder scheuchte ihn zu seiner Arbeit zurück.

«Faul!» sagte Herr Marbach ziemlich laut. «Scheint faul. Vorläufig sind Gratulationen noch verboten.»

Die Krabben

Auch die Schüchternen haben ihre mutige Stunde, und wenn Stunde zuviel gesagt scheint, so haben sie doch ihre mutige Minute. In einer solchen Minute hatte der kleine kaufmännische Handlungsgehilfe Gerhard Grote vor vielen Kollegen behauptet, er sei mit der Lageristin Rosa Täfelein verlobt, mit diesem zierlichen jungen Mädchen, dem er noch nie ein Wort von Liebe gesagt hat, ja, mit dem er eigentlich noch nie ein vertrautes Wort gewechselt hatte.

Der Mut ist kurz, die Reu ist lang: Nach Geschäftsschluß schleicht durch die abendlichen Straßen der kleine Grote hinter seiner vorgeblichen Verlobten her, und jedesmal, wenn es so ausschaut, als wolle sie sich umdrehen, tut er einen Satz hinter eine Anschlagsäule oder in einen Hauseingang, oder er stellt sich vor ein Schaufenster.

Aber sie dreht sich nicht um. Sie kommt gar nicht auf den Gedanken, daß er ihr nachsteigen könnte, sie denkt überhaupt nicht an ihn. Er aber ist so unverschämt gewesen, sie als seine Verlobte auszugeben – jetzt versteht er sich selbst nicht mehr. Er muß natürlich so schnell wie möglich alles aufklären, nämlich, daß er dies nur gesagt hat, um den Vorwurf des Rumpoussierens von ihr abzuwaschen. Sofort muß er das tun! Als sie aber vor einem Laden stehenbleibt, versteckt er sich sofort hinter einem Zeitungsstand.

Sie tritt in den Laden. Er pirscht sich vorsichtig näher, und als er gerade an der Ladentür feststellt, daß es ein Geschäft mit Räucherfischen ist, kommt sie schon wieder heraus, und direkt auf ihn zu!

Ihm bleibt nur die eilige Flucht – an ihr vorbei! So stürzt er in den Laden und verlangt, was ihm gerade vor Augen liegt, nämlich ein Pfund ungeschälte Krabben. Unendlich umständlich werden sie in eine graue Tüte geschaufelt, abgewogen: zuviel, nun zuwenig, jetzt endlich richtig.

«Bitte, sechzig Pfennig, der Herr!»

Unterdes geht sie immer weiter von ihm fort, die Gelegenheit entschwindet, sie heute abend noch aufzuklären, eine ganze Nacht wird sie schlecht von ihm denken!

Völlig zerschmettert tritt er wieder auf die Straße, geht mutlos in der Richtung weiter, in der sie vorher ging – und da entdeckt er Rosa Täfelein, zehn Schritt vor sich, eilig im Gedränge der Leute gehend!

Mit erleichtertem Herzen folgt er ihr. Sie hat also wohl noch etwas in dieser Straße zu besorgen gehabt, während er im Fischladen war! Freilich trägt sie immer noch nur eine Tüte, eine graue, packpapierne, der seinen gleichend wie ein Ei dem andern.

Gerhard Grote weiß so wenig von seiner vorgeblichen Braut, daß er keine Ahnung hat, in welcher Stadtgegend sie wohl wohnt. Als aber der Strom der feierabendlichen Heimkehrer die beiden jetzt in einen Bahnhof spült, ist das Schicksal ihm wiederum günstig: Sie fordert ihre Fahrkarte am Schalter so laut, daß er wegen seines Reisezieles nicht in Verlegenheit gerät.

Nebeneinander stehen die beiden auf dem Bahnsteig, wenigstens fast nebeneinander, und als der lange Triebwagen vor ihnen hält, gehen sie durch dieselbe Tür in ihn hinein, nur ein dicker Mann drängt sich zwischen sie. Deswegen hat sie ihn wohl noch nicht entdeckt. Er ist jetzt schon wieder so mutig geworden, daß er sich beinahe auf ihr Gesicht freut, wenn sie ihn entdeckt. Aber dafür sind im Augenblick die Aussichten schlecht: Sie steht mit dem Gesicht zur Fahrtrichtung, er in ihrem Rücken. Doch kann er ein bißchen von ihrem Gesicht im Spiegel einer Parfumreklame sehen. Er weiß ja nun, wo sie aussteigen wird, aber es beschäftigt ihn angenehm, ihr Dort-Stehen im Spiegel zu kontrollieren.

Allmählich, als der Zug fährt, hält, wieder fährt, wieder hält, entleert sich der Wagen etwas, jetzt gibt es schon freie Sitzplätze. Aber die beiden bleiben stehen, mit dem Rücken zueinander. Er hört, wie sie leise sagt: «Danke, ich stehe lieber!» – und so steht auch er lieber. Auch ist dieser Blick in den Spiegel wirklich sehr angenehm. Er hat sie noch nie so ungestört betrachten können.

Vielleicht kommt es daher, daß jetzt kaum noch Leute im Wagen stehen, vielleicht hat sie aber auch ihre Stellung geändert, jedenfalls kann er jetzt mehr von ihrem Gesicht sehen im Spiegel – er sieht ihre Augen. Und plötzlich sieht ihn dieses Auge an im Spiegel, groß, dunkel. – Ach, der ganze Spiegel ist fast nur Auge geworden, so fremd und vertraut sieht er ihn an, so fragend.

«Ihre Tüte, Sie!» sagte eine mürrische Stimme neben ihm.

«Wie bitte?» fragte er zusammenfahrend, und das dunkle, liebe Auge hat ihn verlassen.

«Passen Sie doch auf! Ihre Tüte tropft ja!»

Es ist eine dicke, recht böse aussehende Frau, die das zu ihm sagt. Er betrachtet ängstlich seine graue Tüte. Richtig, ihr Boden sieht schon ganz naß aus. Er legt die Hand vorsichtig unter diesen aufgeweichten Boden und sieht sich dabei unwillkürlich nach der anderen grauen Tüte um. Aber diese Tüte ist nicht sichtbar, dafür begegnet er wieder dem Blick des dunklen Auges. Dieses Mal völlig direkt. Es sieht ihn groß und ernst an.

Aber ehe er noch einen Entschluß zu fassen vermag, fordert die mürrische Stimme wieder seine volle Aufmerksamkeit: «Da hat's schon wieder getropft – gerade auf meinen Mantel! Halten Sie Ihre Tüte doch ein bißchen weg von mir!»

«Ich bitte vielmals um Entschuldigung!» sagt Gerhard Grote verlegen. «Es ist mir unangenehm...»

«Was haben Sie denn da drin?» fragt die Frau freundlicher, läßt ihn aber um keinen Preis zu dem dunklen Auge zurückkehren. «Salzgurken?»

«Krabben», antwortet er gehorsam.

«Was, Krabben!» ruft sie, und ihre Stimme wird immer schriller. (Der halbe Wagen hört schon zu.) «Mögen Sie die essen? Igittegitt! Wir sagen immer Maden dazu. Genau wie die Würmer, die die ollen Jungens auf die Angelhaken tun, Regenwürmer. Die Chinesen sollen ja solch Zeug essen. Und mit so was machen Sie mir Flecke auf meinen schönen Frühjahrsmantel! Ich dachte, es wären Salzgurken! Jetzt werde ich bestimmt nach den ekligen Maden riechen!»

Sie macht eine Pause, um ihren Mantel zu beschnüffeln. Gerhard Grote benutzt diesen Moment, um vor ihr zu fliehen, soweit es die Wagenlänge erlaubt – natürlich in der Richtung von Fräulein Täfelein fort. Dabei geschieht ihm aber das Unglück, daß er mit seiner weichen Tüte gegen die Lehne eines Sitzes stößt. Mit einem leichten Pluff löst sich die Tüte auf, und die Krabben prasseln auf den Boden: Klickklick – klickklacks!

«Da!» ruft die mürrische Frau im Ton höchsten Entzückens. «Da hat er sie hingeschmissen! Hab ich mir doch gleich gedacht! Sehen Sie nach, meine Dame, sehen Sie gleich nach, bestimmt hat er Ihnen einen Fleck gemacht!»

Aber die Dame ist nicht ganz so gehässiger Natur wie die Freundin der Salzgurken. Zwar hat sie ihre Beine unter den Sitz gezogen, aber sie sagt beruhigend lächelnd: «Das macht nichts. Wirklich nichts. Die Leute hätten Ihnen auch eine festere Tüte geben können!»

Dafür fährt hinter einer Zeitung ein gespielt entrüsteter Männerkopf vor: «Na, Jüngling, was stehen Sie und starren? Das kann doch nicht so liegenbleiben! Einsammeln, los! Wenn alle drauftreten und einer gleitet aus, Sie sind haftpflichtig!»

Wahrhaftig, der kleine Herr Grote bückt sich gehorsam. Und erst dann fällt ihm ein, daß er ja nichts bei sich hat, in das er diese Krabben einsammeln kann. Er sieht hilfesuchend auf seinen neuen Plagegeist.

«Na, worauf warten Sie noch?» ruft der. «Aufsammeln, fix! Sie haben doch Taschen. Ehe jemand hinfällt und Sie zahlen ihm eine lebenslängliche Rente, schmieren Sie doch lieber Ihren Anzug ein bißchen ein! Habe ich recht?»

Und der Herr bricht, entzückt von seiner Witzigkeit, in ein schallendes Gelächter aus, bei dem ihn die meisten Wageninsassen begleiten.

Herr Grote hockt noch immer vor seinen Krabben. Sie sehen ihn aus ihren toten schwarzen Stecknadelkopfaugen an. Er richtet sich nicht auf. Er ist dieses seit seiner frühesten Kindheit gewohnt, dieses gutmütig überlegene Lachen, das die Großen und Selbstsicheren für die Kleinen und Schüchternen haben.

Aber dabei ist er auf seine Art listig: Er hat gemerkt, auf was sie alle in ihrer Heiterkeit nicht achten, daß der Zug schon bremst. Und jetzt, da er hält, ist er mit einem Satz über die verhängnisvollen Krabben fort, von ihrem Lachen fort, freilich auch von Rosa fort, von der unaufschiebbaren Aussprache fort, an einem unbekannten Ort, auf dessen Namen er nicht einmal geachtet hat.

Aus dem Bahnhof kommt er noch gelaufen, als er aber nun in den schon stillen Frühsommerabend tritt, verlangsamt er den Schritt. Nach links zu scheint der Ort zu liegen, nach rechts verliert sich zwischen ein paar einzelnen Häusern der Weg unter Bäumen zwischen Feldern und Gärtchen. Auf dem Bahndamm über ihm klappert und rasselt sein Zug schon weiter. Er sieht zu den erleuchteten Fenstern empor, sieht die Gestalten von Menschen, möchte die ihre entdecken, sie nur für einen Augenblick noch einmal sehen – und das rote Schlußlicht schaut ihn schon groß an, lange, wird kleiner, zwinkert ein wenig in einer Kurve und ist verschwunden.

Langsam schlägt er den Baumweg in die Felder ein. Im Geäst mit dem jugendfrischen Laub tschilpen und jagen sich noch die spielenden Vögel, in den Villen geht hier und da und dort das freundliche Abendbrotlicht auf. Die Luft ist weich, von einer angenehmen Wärme, er atmet sie tief ein. Nach dem Großstadtbrodem über dem bei Sonne immer ein wenig faulig riechenden Fleet ist diese Luft eine wahre Wohltat für ihn, ein belebender Trank.

Nein, er ist ja gar nicht so sehr traurig. Dieses und ähnliches ist er gewohnt. Irgendeine Falle stellt das Leben einem jeden, Sorgen müssen alle haben: Dies sind seine Sorgen. Wenn er eines wissen möchte, so ist es das, was sie nun wohl von ihm denkt. Er hätte ihr Gesicht nach dem Unglück sehen mögen, ein Blick hätte ihm genügt.

Er geht gar nicht sehr weit. Er findet eine Bank, er setzt sich darauf, streckt die Beine weit von sich und ist nun fast befriedigt von seinem unerwarteten Ausflug. Es ist so hübsch, zu denken, daß Rosa Täfelein hier irgendwo draußen im Grünen wohnt, das paßt viel besser zu ihr als das Lager mit staubigen, schweren Kartons und Ratten.

Eine Weile gibt er sich diesen Träumen mit aller Behaglichkeit hin, eingewiegt von dem immer stiller und sanfter werdenden Vorsommerabend. Dann erinnert er sich als ordentlicher Mensch daran, daß seine Wirtin mit dem Abendessen auf ihn wartet. Mutter Witt legt Wert darauf, daß er pünktlich ist, nicht aus irgendwelchen pedantischen Erwägungen heraus, sondern nur darum, weil Vater Witt, der Maurer, seinem Mieter gern das Beste wegißt. Darum muß Herr Grote vor Herrn Witt zu Hause sein und vor ihm essen, sonst findet er oft nichts Rechtes mehr vor.

Er steht leise von der Bank auf, sachte wandert er wieder dem Bahnhof zu. Jawohl, dieser Abend war schön – trotz allem. Gerhard Grote ist glücklich und zufrieden.

Es dauert eine ganze Weile, bis er merkt, daß er auf diesem abendlichen Weg nicht mehr allein ist: Vielleicht zwanzig Meter vor ihm pilgert eine andere Gestalt dahin. Er weiß nicht, von wo sie gekommen ist, diese Gestalt, wann sie auftauchte, jedenfalls wandert sie jetzt vor ihm, genau wie vor

gut zwei Stunden Rosa Täfelein vor ihm dahinging – auch auf einen Bahnhof zu.

Von dieser Feststellung ist es nicht weit bis zu dem Wunsch, diese Vorgängerin möge Rosa Täfelein selbst sein, bis zu der Hoffnung, sie sei es. Er beschleunigt seinen Schritt, um überhaupt erst einmal festzustellen, ob die geruhsam fürbaß schreitende Gestalt weiblich oder männlich sei. Es ist natürlich eine vollkommen wahnsinnige Hoffnung – was soll

Rosa Täfelein zur Nacht an diesem verlorenen Ort, dessen Namen er nicht einmal weiß? Aber eine Hoffnung hat nichts damit zu tun, ob sie verständig oder unverständig ist. Er ist so schnell gegangen, daß er nun weiß, es ist eine Frauenperson, und nun geht er noch schneller, um zu erkennen, ob sie wohl ähnlich gekleidet wie Rosa Täfelein ist.

Ehe er das noch festgestellt hat, kommt wieder der Bahnhof in Sicht. Oben leuchten auf dem fast leeren Bahnsteig die Lampen, gerade fährt ein Zug in der Richtung zur Stadt ein.

Die Gestalt vor ihm beschleunigt darum den Schritt nicht, sie geht ruhig weiter. Sie hat noch nicht einmal den Kopf nach dem Verfolger gedreht, der ihr nun auf wenige Meter nahe gekommen ist, dessen Schritte sie doch hören muß.

Oben schließen sich die Wagentüren mit rasch aufeinanderfolgendem Knall, eine Kette fahrender, freundlich erleuchteter Stuben, rauscht der Zug der Stadt zu. Unten ist die Gestalt in den Schein der ersten Laterne getreten. Gerhard Grote bleibt das Herz fast stehen, er verlangsamt seinen Schritt: Es ist wahrhaftig Rosa Täfelein, die da vor ihm hinwandert, nun am Bahnhof vorbei, in den Ort hinein! Er fällt immer mehr zurück, er geht immer langsamer. Sein schlechtes Gewissen zwickt ihn mit vielen Wenn und Aber, wenn es heute noch nicht zu einer Aussprache kommt, kann er wenigstens die Nacht durch hoffen.

Trotzdem geht er am Bahnhof vorüber, in die Stadt hinein, sehr langsam, daß er sie gerade noch im Auge behält. Aber auch sie geht immer langsamer, vor einem Kino bleibt sie stehen und besieht sich die Fotos, er seinerseits hält vor einem dunklen Schaufenster, aus dem ihn matt und fern die Kappen neuen Schuhwerks ansehen.

Nun geht die Wanderung wieder weiter, langsam um eine Ecke herum, in eine stille, fast dunkle Straße hinein, die nur auf der einen Seite bebaut scheint, mit kleinen Einfamilienhäusern. Nur eine einzige Laterne brennt hier.

Gerade unter ihr, in ihrem freundlichen Schein, bleibt sie stehen, faßt eine weiße Lattentür und stößt sie auf. Die Tür knarrt ein wenig und wird dann offengehalten, Rosa Täfelein tritt noch nicht in das Vorgärtchen ein.

Aus dem Dunkeln, aber gar nicht sehr weit ab, sieht Gerhard Grote ihr gespannt zu.

Sollte sie wirklich hier in diesem Ort wohnen, in den er blindlings gestürzt ist? Rosa Täfelein steht da noch immer, halb abgewendet, im Laternenlicht, nun hustet sie. Er überlegt, ob das etwa ein Signal für ihn ist, ob er zurückhusten soll? Aber Rosa ist zu so etwas Grobem wohl kaum fähig. Er beschließt, still zu bleiben. Schließlich ist es schön genug, daß sie hier beide gemeinsam in der sanften Vorsommernacht stehen, sie hell, er dunkel, aber über beiden das gleiche stille Gloria aller Sterne.

Nachdem Rosa Täfelein noch einmal gehustet hat, aber nur leise, fällt die weiße Lattentür zu, und sie ist gegangen.

Der kleine Grote wartet nur einen Augenblick, dann stürzt er zur Tür, beugt sich zu dem Namenschild und will es lesen.

Aber das Schild liegt ziemlich im Dunkeln, er muß mehrere Streichhölzer anbrennen, ehe er liest:

‹Reinhold Täfelein
Entfettungstees›

«Entfettungstees!»

Er hat sich noch nicht von seiner Überraschung erholt (irgendwelche Entfettungstees in Verbindung mit der Schlankheit Rosas erscheinen einfach grotesk!), als Rosa Täfelein bei ihm steht, sie auf der Innenseite der Lattentür, er auf der Außenseite. «Ach Gott!» sagt er nur, recht erschrocken.

«Ich wollte Ihnen nur sagen, Herr Grote», flüsterte sie fast atemlos, als sei sie rasch gelaufen, «wenn Sie meine Krabben haben wollen...?» Sie bricht ab und sieht ihn mit ihren dunklen Augen verwirrt an.

Er ist nicht weniger verwirrt.

«Ja, die Krabben», antwortete er endlich. «Das war sehr unangenehm. Die Tüte war aufgeweicht.»

Er verstummt, und nun stehen sie beide eine Weile still, beide jetzt die Augen gesenkt, beide mit klopfendem Herzen. Irgendwo schreit in einem der kleinen Einfamilienhäuser mit zorniger Ungeduld ein Kind.

«Sie müssen die Tüte von Anfang an unten anfassen», sagt sie endlich.

«Ich weiß», gibt er reuig zu. «Ich habe nur nicht gedacht, daß sie so naß wäre.»

Und wieder Schweigen.

«Da schreit ein Kind», fängt diesmal er wieder an. «Es klingt beinahe, als riefe es Rosa.»

Er ist sehr rot geworden, zum erstenmal spricht er diesen so oft bei sich geflüsterten Vornamen laut aus.

«Das ist mein kleiner Bruder», erklärt sie. «Er wartet darauf, daß ich ihn ins Bett bringe.» Und sie setzt hinzu: «Bitte, nehmen Sie meine Krabben!»

«Ich kann Sie doch nicht berauben», flüstert er.

«Sie berauben mich wirklich nicht.»

«Aber die Tüte würde bis nach Hause wieder entzweigehen.»

«Vielleicht. – Dort drüben steht eine Bank. Vielleicht essen Sie die Krabben gleich dort drüben?»

Jetzt ist sie sehr rot geworden, und er wird es auch, als er sagt: «Wenn Sie – ich meine, ginge es vielleicht, wenn Sie mit mir…»

Er hat nach der über die Tür gereichten Tüte gefaßt. Das zornige Gebrüll aus dem Haus läßt jetzt ganz deutlich den Namen Rosa erkennen.

«Ich muß zu Männe!» ruft sie, huscht den Gang zum Haus entlang, und da steht er nun, mit der Krabbentüte in der Hand!

Wir hätten wenigstens teilen müssen, denkt er. Dann besinnt er sich, daß er die Tüte schon wieder oben anfaßt, und es soll doch von unten geschehen. Die Tüte richtig in der Hand, macht er sich auf die Suche nach der Bank und findet sie auf der anderen Straßenseite, ziemlich im Schatten. Er stellt die Tüte darauf und setzt sich neben sie.

Nun beginnt er darüber nachzudenken, ob er die Krabben wirklich essen soll und darf, und gerät schließlich auf die Lösung, daß er sie erst einmal in zwei Häuflein teilt, eins für sie, eins für sich. Das Häuflein für Rosa kommt links von ihm auf die Bank, auf die Herzseite, das eigene auf die rechte Seite. Es ist erstaunlich, wieviel Krabben auf ein Pfund gehen, und da er sich trotz der Dunkelheit noch bemüht, sie auch größenmäßig gerecht zu verteilen, bringt er eine ganze Zeit mit dieser Beschäftigung zu. Dabei behält er das Häuschen gut im Auge, sieht das Licht in der Schreibstube ausgehen und es in einem anderen Zimmer hell werden, und schließlich klappt wirklich die Lattentür noch einmal, und Rosa kommt sachte über die Straße gehuscht. «Ich habe Ihnen ein bißchen Brot mitgebracht», sagt sie leise. «So ohne alles schmecken die Krabben doch nicht.»

«Hier ist die Hälfte für Sie», sagt er. «Wenn Sie nicht doch lieber alle nehmen wollen?»

«Aber nein! Bitte, essen Sie doch!»

«Bitte, essen Sie doch mit mir!»

«Ich muß doch wieder rein – meine Mutter wundert sich ja.»

«Bitte, nur ein paar! Nur einen Augenblick! Das ist Ihr Haufen. Bitte, setzen Sie sich doch!»

«Ich muß wirklich rein», sagt sie und setzt sich. «Wird das Brot auch reichen?»

«Danke, es ist wirklich genug.»

Da sitzen sie nun beide gemeinsam auf der Bank, aber getrennt durch ein Häuflein Krabben. Und in ihrer Befangenheit fangen sie wirklich an, von den Krabben zu essen, erst bloß, um überhaupt etwas zu tun, dann, weil sie richtigen Hunger haben und es ihnen schmeckt. Gesprochen wird dabei gar nichts, weder von einer Verlobung noch von der erstaunlichen Tatsache, daß er hier in einem entlegenen Vorort vor ihrem Häuschen sitzt.

«Nun muß ich aber rein», sagt sie schließlich. «Gleich muß Vater kommen.»

«Es ist schade, daß mir meine Krabben hingefallen sind», antwortet er nach längerem Nachdenken.

«Ja, das ist schade», stimmt sie zu. «Sie waren wirklich ganz frisch.»

«Nein, ich meine, dann hätten wir hier noch länger zu essen gehabt.»

«Ich muß jetzt aber wirklich rein!»

«Können Sie nicht hinterher, ich meine, nach Ihrem Abendessen – kommen Sie nicht noch einmal heraus?»

«Nein, das kann ich nicht! Und Sie müssen bestimmt gleich in die Stadt fahren. Sie werden sich ja hier erkälten.»

«Ich erkälte mich nicht.»

«Aber Sie müssen gleich fahren, versprechen Sie mir das?»

«Darf ich dann morgen abend wiederkommen? Ich könnte ja wieder etwas zu essen mitbringen.»

«Nein, bitte nicht. Bitte, bitte nicht!»

«Aber doch übermorgen? Übermorgen ist Sonnabend, da haben wir doch schon um drei Uhr Schluß!»

«Nein, bitte, bitte nicht, Herr Grote! Was sollen denn die Leute von mir denken? Und meine Eltern würden es auch nie erlauben!»

Er ist angesichts ihrer Angst sehr kühn geworden.

«Wenn ich nun Ihre Eltern frage?» flüstert er.

«Aber bitte nicht! Bitte, nur das nicht! Bitte, fahren Sie jetzt zurück!»

«Ich muß doch mit Ihnen sprechen! Bitte, bitte, nur einmal noch!»

«Ich muß jetzt ins Haus. Bitte, lassen Sie meine Hand los, bitte, Herr Grote!»

«Darf ich denn wirklich gar nicht – nie wieder...? Bitte, sagen Sie doch: nur einmal noch!»

«Nein, bitte nicht. Vielleicht bin ich Sonntag vormittag allein. Aber, bitte, kommen Sie dann nicht!»

«Sonntag vormittag – gegen zehn?»

«Nein, Sie dürfen wirklich nicht kommen, vielleicht ist mein Vater dann noch gar nicht aus dem Haus.»

«Also um halb elf? Bitte, sagen Sie doch!»

«Nicht vor elf! Gute Nacht, Herr Grote. Aber Sie dürfen

bestimmt nicht kommen! Und jetzt fahren Sie gleich nach Haus – versprechen Sie mir das?»

«Ich danke Ihnen, ich danke Ihnen so sehr!»

«Nein, nicht deswegen. Sie dürfen es bestimmt nicht tun! Und die Krabben haben wir wirklich nicht zum Abendessen gebraucht. Gute Nacht, Herr Grote.»

«Gute Nacht.»

Sie stehen jetzt wieder an der Lattentür. Wieder hält er ihre Hand, die sie ihm vorhin erst fortzog. Er weiß gar nicht, wann er sie wieder eingefangen hat.

«Gute Nacht – und am Sonntag um elf!»

«Nein, bitte, bestimmt nicht. Gute Nacht!»

«Auf Wiedersehen, Fräulein Täfelein!»

«Auf Wiedersehen, Herr Grote! Aber bitte nicht. Bestimmt nicht! Bitte nicht!»

Das Fußball-Konfekt

Den ganzen Sonnabendvormittag – während der Geschäftszeit – und den längeren Teil des Sonnabendnachmittags – in seiner Freizeit – hatte der kleine Handlungsgehilfe Gerhard Grote darüber nachgedacht, was er der Rosa Täfelein wohl mitbringen könnte beim ersten Besuch am Sonntagvormittag: Rosen oder Ringe?

Es war ja nun so, daß die beiden an sich offiziell verlobt waren, so wären Ringe sicher das richtige gewesen. Aber es war ja leider auch wieder so, daß bisher Gerhard Grote nur in einem Anfall von Tollkühnheit fremden Leuten gegenüber behauptet hatte, mit Fräulein Täfelein verlobt zu sein, da Rosa aber bis zur Stunde noch kein Wort von Liebe gesprochen hatte, so waren Ringe vielleicht voreilig und aufdringlich. Rosen aber angemessen.

Andererseits hinwiederum war es wohl wirklich an der Zeit, auch Fräulein Rosa den völligen Ernst jener kühnen Behauptung zu beweisen, und was gibt es Ernsthafteres als zwei goldene Ringe, deren sanfter und freundlicher Glanz bestimmt ist, ein ganzes langes Leben zu erleuchten?

In diesen Zweifeln kaufte Gerhard Grote keines von beiden, nicht Ringe, noch Rosen, sondern eine ungeheure, wahrhaft überlebensgroße Schachtel Konfekt, auf deren Deckel freilich – gewissermaßen zum Ausgleich – purpurrote Rosen zwischen schnäbelnden Tauben abgebildet waren. Vielleicht hatte ihn aber auch bei diesem Ankauf das Gefühl geleitet, er müsse Rosa Täfelein einen Ersatz für die weggegessenen Krabben bieten.

Mit dieser unschuldweiß verhüllten Pappschachtel unter dem Arm fuhr Gerhard Grote mit einem Zug noch vor acht Uhr in den freundlichen Vorort, der Rosa behauste, hinaus.

Da er erst um elf Uhr zu ihr durfte, war die Fahrzeit vielleicht ein wenig früh gewählt, aber Gerhard Grotes Morgen war schon lang gewesen. Wie ein schüchterner Hausgeist hatte er schon seit der vierten Stunde in der Wittschen Wohnung gespukt, hatte gehantelt und Gymnastik getrieben, sich außergewöhnlich gewaschen und auch gestriegelt, hatte höchstpersönlich Anzug und Schlips gebügelt – oh, man kann gar nicht stark und sauber genug in seiner Verlobung und damit in einem ganz anderen, neuen, wirklichen Leben seinen Eingang halten!

Diesmal saß Gerhard Grote ohne Sorgen zwischen all den sonntäglichen Mitfahrern, keine grau packpapierne Tüte mußte ihn ängstigen, mit einem glücklichen Lächeln sah er zu den Fenstern des schnell ratternden Zuges hinaus. Eilig wurde aus der Stadt mit ihren grauen Hinterhöfen aufgelockerte Vorstadt und Land. Hier stand schon in einem Gärtchen eine junge Frau und fütterte aus ihrer Schürze die pickenden Hühner. Dort strich an einem Weiherchen ein bärtiger Alter mit einem Teerquast den Boden des umgestürzten Bootes, daß er glänzte, und weiterhin standen den Bahndamm entlang viele hochstenglige Blumen ihm unbekannten Namens und sahen mit ihren goldenen und gelben Gesichtern fremd und doch freundlich dem vorüberfahrenden Menschlein ins Auge.

Kinder liefen aus den Häusern, noch ihre Lätzchen unter dem Kinn und ihre Musbrote in der Hand, einen ganz glücklichen, schulfreien Sonntag vor sich. Aus einem Fenster lehnte, auf der Fensterbank sitzend, ein junges Mädchen, und von außen in das Fenster hinein ein Jüngling, und die beiden waren so eifrig in ihr Gespräch vertieft, daß sie nicht einen Blick auf den nahe vorüberrasselnden Zug warfen. Auf einem

Waldweg aber sah der kleine Gerhard Grote, wie ein Märchenbild, ein großes braunes Pferd. Ein Mann ritt darauf, und vor dem Mann saß ein Kind, ein kleines Mädchen, fast auf dem Pferdehals und hielt ein Sträußchen mit weißen Blumen in der Hand. Das war so schön – wie ein richtiges gemaltes Bild!

Ach, da schien dem kleinen Handlungsgehilfen aus der Damenputzbranche die Welt so friedlich und rein! Sein schüchternes Herz ging so sachte und befreit, daß er meinte, nie eine wirkliche Sorge im Leben gekannt, nie eine Träne der Trauer geweint zu haben, sondern als sei alles von eh und je eitel Glück und Sonne gewesen und werde es auch immer weiter sein.

Und nun hielt der Zug, und Gerhard Grote stieg aus mit seinem großen Konfektkarton unter dem Arm. Anders als sonst, fand er seine Fahrkarte sofort, und als nun der Lärm des Zuges verebbt war, hörte er die Kirchenglocken des Fleckens läuten, eilig und ein wenig bimmlig, aber so fröhlich! Da kam es ganz von selbst, daß er erst einmal zu dieser Kirche ging, und eine lange Weile stand er still, den Hut in der Hand, hinter der letzten Bankreihe, hörte die Orgel spielen und die Gemeinde singen und erinnerte sich dessen, wie er als kleiner Bub mit seiner nun schon längst verstorbenen Mutter so in der Kirche gewesen, und etwas von der alten, seligen Andacht rührte sich wieder in ihm und von dem alten, törichten Vertrauen auf den lieben Kindergott, der ihm trotz allen Bittens nie eine Rechenaufgabe richtig gemacht und nie ein Loch in der Hose heilgezaubert hatte.

Etwas später saß er wieder auf der Bank, auf der sie beide gesessen, und als Beweis, daß sie dort wirklich gesessen (was ihm oft ganz traumhaft erschien), sahen ihn die schwarzen Krabbenaugen aus dem Sand an. Und gegenüber das Haus, ihr Haus, blitzte mit vier blanken Fenstern in der Sonne, mit dreien aus dem Erdgeschoß und einem aus dem spitzen Giebel, und er wußte nun doch schon so viel von seiner verlobten Braut, daß hinter dem rechts unten der kleine Bruder Männe geschrien, hinter dem Fenster links unten aber das Abendbrotlicht gebrannt hatte. Nun wünschte er nur noch, daß sie oben hinter dem Giebelfenster wohnen möge, und wartete lange darauf, daß ihr liebes Gesicht dort erschiene. Aber es rührte sich gar nichts im ganzen Haus, nicht einmal eine Kinderstimme rief daraus. Nur von Stricken, die über Pfähle neben dem Haus gezogen waren, hingen mißfarbene Pflanzenbündel und schwankten manchmal leise im Vorsommerwind, und das waren ja nun wohl die Kräuter, aus denen Herr Reinhold Täfelein seine Entfettungstees braute.

Gerhard Grote hätte es gern gesehen, wenn der Vater des geliebten Mädchens einen etwas vertrauteren Beruf gehabt hätte. So däuchte er ihm fast ein halber Hexenmeister, vor dem ein Bewerber um der Tochter Hand sich ängstigen mußte.

Aber weder der Hexenmeister noch die verzauberte Prinzessin, noch ihre Mutter, noch der Bruder Männe ließen sich hinter den Fenstern sehen. Nichts rührte und regte sich im verwunschenen Häuschen, nur manchmal raschelten die Kräuter im Wind.

Jetzt fingen sie auch wieder an, auf dem Kirchturm zu läuten, und als Gerhard Grote seine Uhr zog, war es fünf Minuten nach elf! Ach, wie die Zeit lief! Sie lief zum Schreckenerregen, die beschauliche Ruhe war schon wieder vorbei; Beschlüsse mußten gefaßt werden.

So stand Gerhard Grote von seiner Bank auf und setzte sich wieder, er tat fünf Schritte auf das Häuschen zu, und das nächste Mal tat er gar schon zehn Schritte und las das Schild ‹Reinhold Täfelein – Entfettungstees› – wobei er ein Geräusch zu hören meinte und eilig nach seiner Bank zurückschlich.

Im Dorf läuteten sie die Mittagsstunde, als er schließlich

doch mit Zagen und Zorn (aber der Zorn galt der eigenen Schüchternheit) den Klingelknopf drückte.

Lange blieb es still, und er wagte nicht, noch einmal zu klingeln, und er horchte und spähte durch die Milchglasscheiben, und sein Herz klopfte sehr.

Dann rief eine Kinderstimme: «Röschen, es hat geklingelt!», und feste kurze Schritte liefen gegen die Tür.

«Wer ist denn da?» rief das Kind. «Papa ist nicht zu Hause!»

Und Gerhard Grote wußte nicht, was er dem Kind antworten sollte.

Aber nun kam ein leichter, leiser Schritt, und ihre Stimme fragte auch: «Wer ist denn da?»

Er antwortete: «Herr Grote», und wurde, ehe er sie noch gesehen, glühend rot vor der Tür und verbesserte sich hastig in ‹Gerhard Grote›. Aber das schien ihm wieder zu vertraulich. Denn woher sollte sie seinen Vornamen wissen? Im Geschäft nannten sie ihn alle nur den kleinen Grote.

So war er sehr rot und verlegen, als die Tür nun wirklich aufging und Rosa Täfelein leibhaftig vor ihm stand, einen kleinen braunhaarigen Jungen neben sich, mit einem buntgestickten Schürzchen angetan, so häuslich und heimlich, wie er sie noch nie gesehen.

Einen Augenblick standen die beiden stumm voreinander, dann tat immer noch keines von ihnen den Mund auf, aber der kleine Junge fragte: «Ist das der Onkel, der schon um elf kommen sollte, Röschen? Warum soll denn der Papa nichts von ihm wissen, Röschen? Warum sagt er denn gar nichts, Röschen?»

Und bei jeder Frage des kleinen Mannes wurden die beiden immer verlegener, und am liebsten wäre es ihnen gewesen, die Tür zwischen ihnen wäre schon wieder geschlossen!

Da das aber nicht anging, sagte Rosa Täfelein verlegen: «Ach, Männe!»

Und er: «Ich sitze schon seit neun vorm Haus, aber ich wagte nicht... Ich dachte nämlich, Ihr Vater...» Und er verstummte wieder mit einem Blick auf den Jungen.

Und sie: «Ich habe hinten in der Küche geplättet. Ich dachte, Sie würden eher kommen.»

Und er: «Ich wäre ja so gerne. Aber ich dachte, Sie wären noch nicht allein.»

Wobei die Augen des kleinen Jungen aufmerksam von einem zum anderen gingen und er nun in das verwirrte neue Schweigen hinein fragte: «Was hast du denn in dem runden Paket? Torte?»

«Pfui, Männe, sei doch nicht so neugierig!» rief Rosa Täfelein. Aber diese Frage hat doch etwas das Eis gebrochen, und er durfte eintreten und den Hut auf einen Haken im kleinen Flur hängen, wobei Männe das weiße, runde Paket nicht aus den Augen ließ.

Und – siehe da! – in dem Wohnzimmer standen auf dem weißgedeckten Tisch zwei grünliche Stengelgläser und zwischen ihnen eine Schüssel mit kleinen Kuchen und eine Flasche Wein, so daß sogar Gerhard Grote erriet, sein Besuch komme weder unerwartet noch unerwünscht.

Glücklich knüpfte er an seinem Paket, während Rosa Täfelein leise fragte: «Darf ich Ihnen vielleicht einen Schluck Wein anbieten, Herr Grote? Es ist Johannisbeerwein aus unserem Garten!»

«Oh, gerne, so gerne», antwortete der kleine Grote, der nie Alkohol trank und Alkohol verabscheute. Wenn er aber in ihrem Garten gewachsen war... Und er ging mit dem Karton, auf dem purpurrote Rosen mit schnäbelnden Tauben abgebildet waren, auf sie zu und sagte: «Ich habe Ihnen auch etwas mitgebracht – für die Krabben, Fräulein Täfelein!»

«Oh, das sollen Sie doch nicht!» rief Rosa und legte die Hände verschlungen gegen die Brust.

«Das ist ja viel zuviel, Herr Grote.»

«Für Sie kann es nie zuviel sein – Rosa!» sagte Herr Grote tollkühn und gab den Karton in ihre Hände.

Sie stand ganz glücklich da und sah das Bild an und flüsterte: «Was für schöne Rosen! Ich danke Ihnen sehr, Herr Grote!»

Aber Männe rief drängend: «Mach doch mal auf, Rosa! Ist da Schokolade drin?»

Nahe beugten sich drei Köpfe über den Kasten, vier Hände mühten sich gemeinsam um das Abheben des Deckels, und nun lagen die Pralinen vor ihnen, in goldenem und rotem und blauem glänzendem Papier. Aber die nicht eingewickelten mit ihren Mandeln darauf oder mit halben Nüssen oder aus lauter kleinen Schnitzeln zusammengebacken – die sahen nicht weniger verlockend aus.

«Bitte, Röschen, schenk mir einen ab!» bat Männe. Und nicht weniger mutig rief auch Herr Grote: «Ja, bitte, schenken Sie mir auch einen, Fräulein Täfelein!»

Und so war alles auf dem allerbesten Wege, als plötzlich Rosa zusammenfuhr, ihr entzückendes Näschen rümpfte und mit dem Schrei: «O Gott, mein Plätteisen!» aus dem Zimmer stürzte. Während ihr Gerhard Grote noch verwirrt nachschaute, sagte der kleine Männe gnädig: «Du darfst dir ruhig einen alleine nehmen, du hast ihr ja die ganze Kiste geschenkt!»

Und nach einer Pause: «Aber du mußt mir auch noch einen geben!»

Selber nehmen wollte sich freilich Gerhard Grote keinen, er bevorzugte ihn aus den Händen Rosas, aber ihrem Bruder gab er gerne einen und noch einen und einen dritten…

Als dann aber immer noch durch die offengebliebene Stubentür verwirrte Geräusche drangen, ging er auf Zehenspitzen, magisch gezogen, dieser offenen Tür zu, durch sie hindurch, über den kleinen Flur, durch eine andere offene Tür in die Küche.

Und da stand nun Rosa Täfelein, ein sanftblaues Wäschestück in der Hand, ein Bild tiefen Leids. Denn so nahe wohnen Glück und Jammer beieinander in jeder Menschenbrust, daß sie, die eben noch über einer Schachtel Pralinen alle Seligkeit gefühlt hatte, nun über ein freilich arg versengtes Hemd alles Leid spürte. Sie sah ihn, Tränen in den Augen, an und flüsterte: «Sehen Sie doch, Herr Grote, ganz versengt! Was wird bloß Mutter sagen?»

Einesteils war er sehr verlegen, denn es war ja doch für einen jungen Mann ein sehr verfängliches Wäschestück, aber andererseits rührte ihn der Kummer sehr, und gerne hätte er wenigstens ihre Hand gefaßt und sie getröstet. Aber solch ein Wunsch machte ihn nur noch verlegener. So stand er stumm da und bemühte sich, an dem bläulichen Hemdlein mit der häßlichen braunen Bügeleisenspur vorbei in ihr trauriges Gesicht zu sehen, während sie wieder klagte: «So was ist mir doch noch nie vorgekommen! Was soll ich nur Mutter sagen? Und nun auch noch gerade heute!»

Ja, über dies ‹Gerade heute› wäre nun viel zu sagen gewesen, es machte Gerhard Grote direkt Mut. Er ging näher heran und sagte eindringlich: «Können wir nicht schnell ein neues kaufen? Vielleicht gibt es noch gerade so eines!»

Sie schüttelte traurig den Kopf. «Die Läden sind doch alle zu! Und Mutter würde es auch sofort merken.»

Er beharrte darauf: «Aber wenn es ein ganz gleiches ist! In manchen Laden kommt man auch von hinten hinein!»

Sie blieb ablehnend: «Aber man sieht doch, ob ein Hemd gewaschen oder neu ist!»

Und er war voller Einfälle: «Man könnte es ja schnell ins Wasser stecken!»

Und so vertieften sich die beiden statt in Liebe und Verlobung in das angesengte Hemdlein, vor dem Gerhard Grote rasch alle Scheu verlor. Rosa versuchte den Sengfleck auszuwaschen, und er sah ihr dabei gespannt zu – bis aus dem Fleck

ein Loch wurde, ein großes Loch, das unbestreitbar die Form eines Bügeleisens hatte.

Wenngleich nun Frau Täfelein wirklich die sanfteste aller Frauen war, und obwohl es nicht einmal ihr Hemd, sondern das Rosas war, nahm das Unglück jetzt ganz bedrohliche Formen an. Schon schien es die ganze Zukunft der beiden zu überschatten, denn Gerhard Grote war ohne Zweifel ein Mitschuldiger. «Hätte ich doch schon um elf geklingelt», sagte er reuig zum fünftenmal.

Und sie: «Ja, da war ich noch nicht beim Bügeln. Ich habe ja nur gebügelt, weil ich dachte, Sie kämen nicht mehr.»

Und er: «Warum haben Sie nur nicht einmal aus dem Fenster gesehen?»

Und wieder sie: «Aber doch wegen Männe nicht! Was soll er denn von mir denken, wenn ich Ihnen winke?»

Da, mitten in dieser wieder hoffnungsvoller werdenden Unterhaltung, flog etwas zum offenen Küchenfenster herein, klatschte auf den Fliesenboden.

«O Männe!» rief Rosa aus dem Fenster in das Höfchen hinab. «Du sollst doch nicht mit Steinen werfen!»

Gerhard Grote aber sah fassungslos auf das Wurfgeschoß, das rosa und schwärzlich am Boden klebte. «Es ist kein Stein, Fräulein Täfelein!» flüsterte er, schrecklicher Ahnungen voll. «Es ist eine Praline!»

«Was?» flüsterte sie.

Einen Augenblick betrachteten beide mit ernsten Mienen den süßen Matsch auf den Fliesen, und dann liefen sie gemeinsam, nach einem Blick des Schreckens, in das Wohnzimmerchen. Auf dem weißen Tisch stand noch unangerührt die Schale mit den kleinen Kuchen, standen noch unangetrunken die beiden grünstengligen Gläser Johannisbeerwein – aber der Karton mit Konfekt stand nicht mehr dort.

Sie liefen auf das Höfchen hinter dem Haus, und auf dem Höfchen fanden sie den kleinen Männe, einen sehr veränderten Männe mit roten Backen und glänzenden Augen.

«Alle hab ich sie aufgefuttert, Röschen!» rief er strahlend. «Die haben aber fein geschmeckt! Manche waren innen ganz scharf, da hab ich gleich was Süßes hinterher gegessen. Ihr habt ja noch den Wein und die Kuchen, von den Kuchen habe ich keine gegessen, bestimmt nicht, Röschen! Ehrenwort!

Und die letzten, die ich nicht mehr runterkriegte, mit denen habe ich Fußball gespielt, man kann fein mit Konfekt Fußball spielen – habe ich nicht großartig in die Küche gezielt, Röschen?»

Ach Gott, es war kein Zweifel: dieser kleine Bruder hatte nicht nur einen Riesenkarton voll Pralinen verschlungen, was seinem kleinen Magen keinesfalls guttun konnte, sondern er hatte sich auch an den likörgefüllten einen richtigen Schwips angetrunken, der ihm jedes Gefühl für das Verwerfliche seines Tuns genommen hatte.

Dafür wurde seine zierliche große Schwester immer elfenbeinfarbener, und auch Herr Grote fühlte sich bleich und angstvoll werden – sie jedenfalls fühlte sich völlig als Sünder.

«Ach Gott!» flüsterte Rosa.

«Wenn er bloß nicht krank wird!» echote Gerhard.

«Komisch ist mir im Bäuchel!» sagte der muntere Knabe. «Und manchmal laufen meine Beine ganz woanders hin als ich. Aber Spaß macht's doch. Und aus dem Karton mach ich mir ein Katzenhaus, und dann klau ich mir bei Ebelings eine kleine Katze.»

«O Gott!» rief Rosa wieder, erschüttert von dieser Demoralisation. «Du mußt ins Bett, Männe! Du wirst ja schon ganz weiß! Und du mußt Rizinus nehmen, mindestens einen Eßlöffel voll!»

«Ich will aber kein Rizinus!» fing der Männe an zu brüllen, und in einer Sekunde hatte sich sein strahlendes Gesicht in ein wutschreiendes verwandelt. «Und ich gehe auch nicht ins Bett! Du hast mir gar nichts zu sagen!»

«Sofort kommst du her!» rief Rosa, und dieser Ruf verriet, daß in all ihrer Zierlichkeit und Schüchternheit doch einige häusliche Energien versteckt waren. Sie faßte ihn bei der Hand. «Oh, komm, Männe, sei ein lieber Junge und geh ins Bett. Sonst muß der Onkel Doktor kommen, und du mußt Medizin nehmen.»

Der Junge aber hörte nicht mehr, er hatte sich in ein wutschreiendes, tobendes, strampelndes Etwas verwandelt. Mühsam schleppte ihn Rosa Täfelein hinter sich drein ins Haus hinein. Stumm, verwirrt, betäubt von dem fürchterlichen Lärm, folgte der kleine Gerhard Grote.

Um wenigstens etwas zu tun, trug er die entleerte Konfektschachtel.

«Oh, bist du still, Männe!» bat Rosa. «Was bist du für ein schlimmer Junge! Hast du denn Röschen gar nicht mehr lieb?»

Aber er hatte Röschen gar nicht mehr lieb, um keinen Preis wollte er in sein Zimmer. Er stieß mit den Füßen nach ihren Schienbeinen.

Und plötzlich erschlaffte sein Widerstand. Jetzt wurde er wirklich schneeweiß.

«Mir wird so schlecht, Röschen!» jammerte er. «O Gott, ich muß mich übergeben. Röschen, ich muß aufs Örtchen! Bitte, schnell!»

«Herr Grote», sagte Rosa Täfelein mit stiller Fassung und öffnete dabei die geheime Tür, «Sie sehen selbst... Bitte, gehen Sie jetzt!»

«Aber ich kann Ihnen doch vielleicht helfen!»

«Bitte, gehen Sie! Bitte, bitte! So ist es schön, Männe, gleich wird dir besser sein! Sie sehen, es soll nicht sein! Ich habe gleich gewußt, wir haben kein Glück...»

«Bitte, Fräulein Täfelein, Rosa, Röschen – denken Sie doch nicht so was!»

«Ja, Männe, gleich kommst du in dein Bett. Das muß ja weh tun, armer Junge. Ich mache dir einen schönen warmen Umschlag.»

«Das olle Konfekt!»

«Ja, Männe, wenn man zuviel davon ißt, dann ist es oll. – Bitte, gehen Sie! Meine Eltern müssen jeden Augenblick kommen. Wenn sie uns so finden – gehen Sie!»

Er ging, der kleine Herr Grote, traurig, sehr traurig. Nicht seiner fehlgeschlagenen Hoffnungen wegen traurig, sondern weil er daran dachte, wie er Rosa Täfelein zurückließ – mit einem durch seine Schuld kranken Bruder, dem noch ein Löffel Rizinus gegeben werden mußte, mit einem angesengten Nachthemd und mit zwei unangetrunkenen grünstengligen Gläsern Johannisbeerwein auf dem Tisch – und die Eltern im Anmarsch!

Wie würde sie sich retten? Schon daran zu denken, machte sein Herz traurig.

Den leeren Pralinenkarton trug er noch immer unter seinem Arm. Aber er wußte es nicht.

Der Kuß

Es begab sich nun, daß am Sonnabend der Woche, die der Konfektniederlage folgte, Fräulein Mieder, die gestrenge Prokuristin der Firma Brummer & Co., mit Herrenschnitt und horngefaßter Brille, wie alljährlich ihren Geburtstag feierte. Will sagen, ihr Geburtstag fiel natürlich wie bei allen anderen Menschen auf jeden beliebigen Wochentag. Da aber nur der Sonnabendnachmittag in der Firma dienstfrei war und da nach geheiligtem Brauch die ganze Firma diesen Freudentag mit genoß, wurde das Fest eben am Sonnabendnachmittag gefeiert.

Große Verhandlungen, fast Verschwörungen waren schon durch Wochen voraufgegangen, Gelder waren gesammelt, ein Festredner (diesmal der lange Marbach) bestimmt, Spähtrupps waren verschiedentlich vorgeschickt, um Fräulein Mieders sehnlichste Wünsche zu erkunden (diesmal ein Wohnzimmerteppich, Kammgarn, zwei mal drei), und schließlich waren die Überreicher des Geschenks bestimmt (die Schwestern Pech).

Während dieser sich ständig steigernden Vorbereitungen und Spannungen war der kleine Herr Grote wie sein eigenes Gespenst herumgeschlichen, innerlich völlig verstört und sehr unglücklich. Zwar hatte er, nach einem schrecklichen Sonntagsrest und nach einer schlaflos verbrachten Nacht, am Montagmorgen aus sicherem Versteck Rosa Täfelein durch das Portal in Brummer & Co. gehen sehen, nicht anders anzusehen als sonst, und er hatte sich doch wahrhaftig eingebildet, sie könne an den Folgen seiner Schandtat erkrankt sein wie der arme kleine Männe oder, vom Vater verstoßen, sich ein Leid angetan oder endlich die Stellung in einem Haus aufgegeben haben, in dem solch ein Mensch lebte wie er.

Eine kurze Zeit hatte seine Brust leichter geatmet, als er sie ohne alle sichtbaren Folgen an sich vorübergleiten gesehen hatte, und dann waren all die alten Zweifelsfragen mit verdoppelter Kraft auf ihn eingestürmt: Wie geht es Männe? Was war aus dem Nachthemd geworden und was mit all den anderen Spuren dieses unseligen Besuches? Was hatte die Mutter gesagt, und was hatte der Vater getan, diese unbekannte Mannesgestalt, der die berufsmäßige Herstellung von Entfettungstees etwas düster Drohendes gab? – Denn Entfettungstees-Anfertigen, das wurde immer mehr in Gerhard Grotes Augen zu einem Beruf am Rande der Menschheit!

Jawohl, nicht zehnmal, sondern mindestens zwanzigmal war er schon im Fahrstuhl gewesen, ins Samtlager hinaufzufahren, und hatte es doch nicht getan. Denn wie konnte er sie nach allen diesen Dingen fragen? Sie *mußte* ihm, dem Schuldigen, ja Vorwürfe machen, und da sie viel zu zartfühlend für Vorwürfe war, *konnte* sie ihm gar nichts sagen!

So blieb er in der Buchhalterei und seinen Zweifeln, aber man glaube nicht, daß diese Zurückhaltung in einem Hause wie Brummer & Co. unbemerkt blieb! Wenn je eine Branche, so schärft der Damenputz das Auge für die feinsten Einzelheiten, auch in Liebesdingen, und die immer noch fehlenden Verlobungsringe waren schon allein für sich ein schwerwiegendes Indiz. Daß nun aber das sogenannte Brautpaar nie mehr beieinander gesehen wurde, ja, daß Gerhard Grote ein ängstliches Bestreben verriet, alle das Samtlager angehenden Fakturen an seine Kollegen abzuschieben, das gab erst zu Geflüster, dann zu Zweifeln, dann zu Vermutungen, schließlich zu der Gewißheit Anlaß: die eben erst begonnene Verlobung war schon wieder geplatzt!

So ein Unfall geht gewissermaßen gegen die Firmenehre,

die ganze Kollegenschaft konnte ihm nicht tatenlos gegenüberstehen. Hier waren zwei junge Menschen, wie geschaffen füreinander, ‹zwei zarte Lämmchen weiß wie Schnee›, drückte sich der ruchlose Weltmann Marbach aus, im Schatten der Firma hatten sie sich verlobt – und die Firma sollte einfach zusehen, wie aus so glückhaft Begonnenem nichts wurde!

«Keinesfalls auf diese Art, mein altes Herbstgewitter», sprach der Herr Marbach, und nach mancher geheimen Verhandlung sagte er am Freitag zu seinem Kollegen Grote: «Du, hör mal, Grote...»

«Ja, bitte schön, Marbach?»

«Morgen feiert doch die Mieder ihren, ich glaube, sechzigsten Lenz.»

«Ja, Fräulein Mieder feiert morgen ihren neunundvierzigsten Geburtstag.»

«Na also! Genau, was ich dir sage, alter Fidibus! Über Vierzig ist es ja doch schnurz, über Vierzig ist alles Eiszeit. Und da schenken wir also dieses wärmende Hemd – du verstehst doch, Grote?»

«Jawohl, den Kammgarnteppich, Marbach. Ich habe ihn mir auch angesehen, sehr hübsch finde ich ihn.»

«Und die beiden Pechösen sollten ihn überreichen.»

«Ist das geändert? Warum? Ich finde, die passen besonders gut. Sie sehen doch beinahe wie Zwillinge aus, und wenn sie dann noch gleiche Kleider anhaben...»

«Na, wir, das heißt die ganze Kollegenschaft, wir finden, zwei andere passen noch besser dazu. An wen, meinst du wohl, denken wir, altes Haus?»

«Keine Ahnung!» meinte der kleine Grote verwirrt, und doch überkam ihn schon eine recht deutliche Ahnung.

«Nun, mein Guter», sagte Marbach mit überlegener Väterlichkeit und behielt dabei das verdächtige Kind scharf im Auge. «Wir haben nämlich an deine Braut und dich gedacht.

Ihr seid doch eigentlich noch etwas Besseres als Fast-Zwillinge.» Und mit Nachdruck: «Ihr seid das Brautpaar der Firma!»

«Aber nein! Bitte nicht!» bat Grote in äußerster Verwirrung.

«Was? Seid ihr etwa nicht mehr? Schon nicht mehr?»

«Doch! Natürlich! Ich meine, wenn Fräulein Täfelein...»

«Du hast doch Rosa Täfelein nicht etwa auf den Arm genommen?»

«Aber nein!»

«Und sie dich doch erst recht nicht?»

«Bestimmt nicht! Ganz gewiß nicht! Hör mal, Marbach», begann Gerhard Grote überstürzt, «ich sage dir, es ist nur, daß ich so leicht verlegen werde.»

«Warum sollst du denn verlegen werden? Es sind doch alles Kollegen! Und den Speech schwinge ich doch! Ihr habt doch nur zu überreichen!»

«Ja, natürlich. Und dann ist der Teppich ziemlich groß, und Fräulein Täfelein und ich, wir sind doch nicht sehr kräftig.»

«Du redest Stuß, mein kleiner Sohn Grote. Ihr sollt ja nicht in der Teppichspedition arbeiten, ihr sollt den Teppich bloß übergeben!»

«Ja, aber Fräulein Täfelein wird nicht einverstanden sein!» rief Gerhard Grote, der keinen Ausweg mehr wußte, verzweifelt aus.

«Warum soll sie nicht einverstanden sein, wenn du ihr richtiger Bräutigam bist?» Und noch einmal mit der Hartnäckigkeit eines Untersuchungsrichters: «Du bist es doch wirklich, Grote?»

«Natürlich bin ich es!» rief Gerhard Grote, aber es kam ihm doch alles andere als natürlich vor.

Der Sonnabendmorgen zog herauf mit sanfter Bläue und mildem Sonnenschein. Gegen Mittag wurde es wärmer, sehr männliche Naturen wie Marbach liefen schon in Hemdsärmeln herum, und das Fleet hinter dem Firmenhaus fing an zu riechen.

Einmal am Vormittag war Gerhard Grote schon bis zum Samtlager gekommen, und durch die offene Tür hatte er sie da stehen sehen, in einem Leinenkleid, mit Feldblumen und goldenen Ähren bestickt. Sie hatte herzbezwingend ausgesehen. Dann hatte sie ihn angeschaut, hatte ihn dort entdeckt auf seinem Späherposten, hatte ihn so ernst und fragend angesehen, daß er es nicht mehr ausgehalten hatte. Er war leise gegangen, mit gesenktem Blick, die Brust von all den alten, immer neuen Vorwürfen zerrissen. Gegangen war er? Geschlichen! Er verstand ja alles! Daß sie böse mit ihm war, daß sie nichts von ihm wissen wollte, daß er ihr nur Unglück brachte – alles verstand er. Und nun sollte er mit ihr der Mieder einen Teppich überreichen! Er beschloß, eisern bei sich, zu erkranken, zu fehlen, sich telefonisch, telegrafisch zu entschuldigen – und wenn auch alle über ihn herfielen, wenn er in Acht und Bann getan wurde, aus der Firma fortgehen mußte!

Vorsorglich begann er, sein Taschentuch gegen die Backe zu drücken, leise zu seufzen, also Zahnschmerz zu markieren. Nur daß im Sonnabendtrubel niemand auch nur die geringste Notiz von diesen schüchternen Schmerzensäußerungen nahm! Aber er würde doch fehlen, unter allen Umständen! «Also dann bitte um vier Uhr, und zwar pünktlich!» hatte Fräulein Mieder in all ihrer gewohnten Herrlichkeit gesagt. «Ich kann es nicht ausstehen, wenn der Kaffee nicht ganz heiß getrunken wird – oder mögen Sie ihn kalt?»

Und nun eilten alle, daß sie nach Hause kamen, um schnell einen Happen zu essen und sich schön zu machen – allein der kleine Grote ließ sich viel Zeit beim Aufräumen seines Pultes. Schließlich aber trat er auf die Straße und ging langsam dem Wittschen Mittagessen und einem öden, leeren Wochenende zu.

Wie aber ward ihm, als ihn plötzlich eine schüchterne Stimme ansprach: «Ach, bitte, Herr Grote...» Und Rosa Täfelein stand vor ihm!

«Bitte? Ach, guten Tag, Fräulein Täfelein», sagte er und war so erschrocken, daß er ihr nicht einmal die Hand zu geben wagte.

«Es ist nur... Weil wir doch beide heute den Teppich... Sie wissen wohl schon?»

Sie war nicht weniger befangen als er.

«Ja. Doch. Marbach hat es mir gesagt.»

«Ich ziehe mein hellgrau seidenes Kleid an, und da habe ich gedacht, Sie haben doch auch einen hellgrauen Anzug? Ich glaube wenigstens.»

«Doch, den habe ich», gab er zu und fing leise zu leuchten an.

«Und wenn es Ihnen möglich wäre, Herr Grote, ich weiß ja nicht, aber wenn Sie sich dazu einen hellblauen seidenen Schlips besorgen könnten? Er braucht ja gar nicht so teuer zu sein.»

«Doch, doch, er kann ruhig teuer sein, Fräulein Täfelein. Er muß es sogar sein, für eine solche Gelegenheit.»

«Ich habe nämlich auch einen hellblauen Besatz auf meinem Kleid. Und dann vielleicht noch braune Schuhe?»

«Sehr gerne, Fräulein Täfelein. Wirklich furchtbar gerne!»

Sie verstummten und sahen einander mit strahlenden Augen an, hingerissen von ihrem Gegenstand, diesem Festgewand für eine Teppichüberreichung. Oder vielleicht hingerissen nicht nur von diesem Gegenstand.

Dann wurden beide plötzlich verlegen. Sie senkte ihre Lider, er räusperte sich, sie murmelte: «Ich muß wohl los...»

«Ja, ich will mir auch noch den Schlips besorgen.»

«Aber nicht zu teuer! Auf Wiedersehen, Herr Grote!»

«Auf Wiedersehen, Fräulein Täfelein.»

Jetzt hielten sie sich doch bei den Händen und sahen einander an. Beide lächelten, eifrig und beglückt. Das Blut summte ihnen in den Ohren, und es schien, als summe die ganze Welt mit. «Auf Wiedersehen!» sagten die beiden noch einmal, ganz verloren in ihre Gefühle.

Dann stieß ein Straßenpassant, dem sie im Wege standen, gegen sie, und beide erwachten. Die Stadt war wieder da, das Portal der Firma Brummer & Co., viele Menschen, sie waren nicht mehr allein. Sie trennten sich überstürzt und verlegen wie zwei, die ein gemeinsames Vergehen zu verbergen haben. Erst nachträglich fiel ihm ein, daß er sie weder nach Männe noch nach den sonstigen Folgen seines Sonntagsbesuches gefragt hatte, geschweige, daß die immer dringender werdende Verlobung zur Sprache gekommen wäre. Aber diese Versäumnisse bekümmerten ihn im Augenblick nicht mehr gar so sehr.

Nun wurde ein hellblauer seidener Schlips für den hohen, aber noch vor ihr zu verantwortenden Preis von vier Mark gekauft, aber zu Mittag gegessen wurde kaum. Es wurde sich umgekleidet und der Weg zum Siedlungshäuschen von Fräulein Mieder eingeschlagen, doch daran wurde nicht gedacht, daß er einmal, nicht so lange her, dieses Siedlungshäuschen in Flammen gesteckt, freilich auch Fräulein Mieder gerettet hatte – es wurde an anderes gedacht.

Der Himmel schien jetzt noch tiefer blau, und es wurde richtig heiß. In der kleinen, mit lauter gleichgebauten Häusern bestandenen Straße wehten die jungen Birken in einem sachten Vorsommerwind mit ihren langen grün-goldenen Ruten. Am Hause blühten gelbe, rosa und tiefrote Rankrosen, und Fräulein Mieder empfing ihre Gäste im Sportrock und weißer ausgefältelter Bluse, die wie ein Herrenoberhemd aussah. Sie trug auch einen schwarzen Schlips darauf.

Die gesamte Firma, siebenundzwanzig Weiblein und Männlein, füllte sämtliche Räume des Häuschens – nur der Seniorchef, der alte Herr Brummer, fehlte. Er ging bekanntermaßen nirgends mehr hin – außer zur Börsenfrühstückszeit in Wimmers Austernkeller und in einige andere Lokale, wo es gut zu essen und zu trinken gab. Aber sein Sohn Edmund vertrat ihn. Wie alljährlich wurde viel bewundert das Schlafzimmer, das nur ein Eisenbett mit spartanisch dünner Matratze und Wolldecke, einen Holzstuhl und einen Kleiderrechen enthielt. Die Fenster dieses Raumes blieben bis in den tiefen Winter ausgehängt, denn Fräulein Mieder war für strengste Abhärtung.

«Ihr wißt gar nicht, wie schön es ist, wenn man davon aufwacht, daß einem Regen oder Schnee ins Gesicht treibt. Dann fühle ich, wie ich den Elementen trotze. Kurz: Ich finde es einfach gesund – finden Sie nicht auch?»

Alle fanden murmelnd, daß es fabelhaft gesund sein müsse. Über dem Eisenbett begegneten sich die Blicke des sogenannten Brautpaares. Gerhard Grote fühlte sich versonnen angesehen, er bewegte leise vorneigend den Kopf. Er dachte sich ihr Schlafzimmer anders, molliger. Dann wurde er sehr rot, weil er schon an so etwas wie ‹ihr gemeinsames Schlafzimmer› gedacht hatte, wo sie doch noch nicht einmal richtig verlobt waren!

Die Geschenküberreichung ging etwas überstürzt vor sich, denn der Kaffee war durch ein Mißverständnis schon gebrüht worden, und das kältegewohnte Geburtstagskind wünschte ihn doch glühend heiß. Im Namen der Firma überreichte der junge Brummer einen Pelzmuff. Er wies darauf hin, daß er im vorigen Jahr eine Pelzkappe habe überbringen dürfen, er sprach die Hoffnung aus, daß er zum nächsten, besonders feierlichen fünfzigsten Geburtstag mit einem Pelzjackett hier werde erscheinen dürfen. Den Muff gegen den hageren Leib gepreßt, sah Fräulein Mieder ernst durch die Brillengläser auf Fräulein Täfelein und Grote, die, zwei Teppichecken in den Händen, Brautführern mit einer Schleppe glichen. Allgemein fand man, daß die beiden Grau und Hellblau gut zueinander

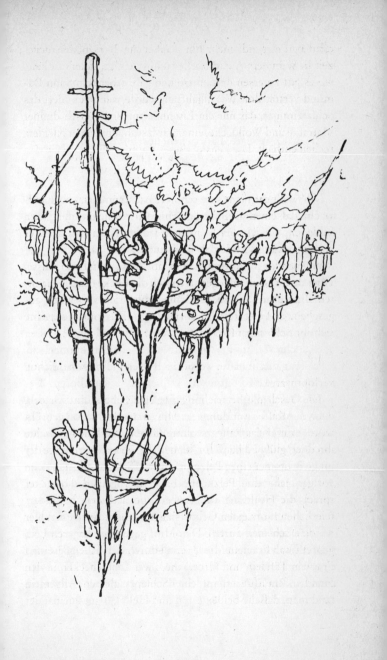

standen und daß danach alle Vermutungen über Mißhelligkeiten zwischen den Brautleuten irrtümlich sein mußten. Hinter den beiden, auf dem Ende des Geschenkteppichs stehend, hielt Herr Marbach seine sowohl launige als auch gereimte Festansprache, in der die Verse:

> «Zwei zarte Lämmchen, unschuldsweiß,
> Bringen dir hier den Ehrenpreis»

allgemein beifälliges Gelächter hervorriefen.

Die Kaffeetafel war von der Terrasse über den Rasenplatz fort bis an den Gartenzaun gedeckt, sie nahm also die ganze Länge des Gartens ein. An ihrem Ende präsidierte Fräulein Mieder neben Herrn Edmund Brummer, an das andere war Fräulein Rosa Täfelein neben Herrn Gerhard Grote gesetzt worden. Aus den Nachbargärten wurde viel geguckt. Der älteste Firmenangestellte, Oberbuchhalter Pohle, gab Erinnerungen an jene Zeit preis, da Fräulein Mieder noch der Stift der Firma Brummer & Co. gewesen war und echte Reiher noch nicht von imitierten hatte unterscheiden können. So etwas war den meisten ganz unglaublich! Fräulein Mieder schien doch die Kenntnis des Damenputzes angeboren. Allgemein verurteilt wurde als schlechter Scherz ein von den kleinen Aufwaschmädchen hereingebrachtes Paketchen, das sie auf dem Flur gefunden hatten und das an Fräulein Mieder adressiert war. Nach dem Auswickeln zeigte sich als Inhalt ein kleiner Rasierapparat, wohl nur aus Schokolade in goldener Stanniolumhüllung, aber die Anspielung auf den dunklen Flaum, der Fräulein Mieders Oberlippe zierte, und auf einige starke Haare aus einem Muttermal am Kinn *war* taktlos. Die Angestellten sahen sich verstohlen untereinander an, wem solche Tat zuzutrauen sei. Fräulein Mieder aber sagte mit einem ganz klein wenig verächtlichen Lächeln: «Ich hätte nicht gedacht, daß noch solche Kinder in unserer Firma tätig sind. Hätten Sie?»

Herr Edmund Brummer hätte auch nicht.

Aber diese kleine Mißstimmung verging rasch, als man zu den Spielen überging.

Fräulein Mieder bevorzugte jene Spiele, die sie als Kind in ihrer Eltern Haus gespielt hatte, wie Tellerdrehen; alle Vögel fliegen, Schlüssel, Schlüssel, du mußt wandern. Und es war erstaunlich, wie lebendig diese abgeklärten Großstädter bei diesen kindlichen Spielen wurden! Wenn der alte Herr Pohle mit seinem weißgelblichen Vollbart, eine Serviette über den Augen, sich etwas gichtbrüchig auf den Schoß von Fräulein Pech setzte und verlangte: «Mäuschen, piep!» – und wenn Fräulein Pech dann wie ein richtiges Mäuschen völlig unerkennbar piepte, und Herr Pohle riet falsch, so schüttelten sich alle vor Lachen.

Doch das schönste waren doch die ‹Drei Fragen hinter verschlossener Tür›! Hier wurden die hübschesten Anspielungen auf kleine berufliche Schwächen, geahnte persönliche Beziehungen angebracht. Als Herr Brummerjunior ein deutliches «Nein» sagte, und die Frage hatte gelautet: «Bewilligen Sie gerne eine Gehaltserhöhung?», da kannte das allgemeine Entzücken keine Grenzen mehr, sogar Fräulein Mieder geruhte zu lächeln. Und als Herr Marbach «Ja» gesagt hatte, und es erwies sich, die Frage hatte gelautet: «Verschenken Sie gerne Rasierapparate?», da wurde zwar nicht laut gelacht, aber eine allgemeine Befriedigung über dies Gottesurteil war unverkennbar.

Und nun stand der kleine Grote auf der Außenseite der verschlossenen Tür, und sein Herz klopfte so vergnügt; er hatte nicht die geringste Scheu davor, jetzt drei Minuten im Brennpunkt des allgemeinen Interesses zu stehen. Schon wurde er hereingerufen, und Herr Funke aus der Reiseabteilung fragte ihn:

«Die erste Frage: ja oder nein?»

«Nein», sprach Herr Grote mit fester Stimme.

«Sie können also Ratten nicht von Damenschuhen unterscheiden – sehr, sehr traurig!» stellte Herr Funke fest, und sie lachten.

Ein kleines bißchen rot wurde Gerhard Grote, als er an jenes Erlebnis auf dem Samtlager dachte, und er warf einen raschen Blick nach jener Ecke, in der er Rosa Täfelein vermutete, doch sah er sie nicht.

«Die zweite Frage!» rief Herr Funke. «Nein oder ja?»

«Nein!» antwortete Herr Grote nach kurzem Besinnen.

«Das habe ich mir doch gleich gedacht!» sagte Herr Funke fast triumphierend. «Das Schicksal hat gesprochen: Sie sagen es selbst, daß Sie nicht verlobt sind!»

Und dieses Mal wagte der Bräutigam nicht einmal einen Blick in die Ecke zu seiner Braut. Dafür aber beschloß er, da es ihm mit dem ‹Nein› so mißraten war, es nun mit dem ‹Ja› zu versuchen, und er sagte es laut und deutlich, dieses ‹Ja› zu der dritten Frage hinter der verschlossenen Tür.

Aber der Jubel, der nun losbrach!

«Das glauben wir!» riefen sie. «Das möchte er, erst die Verlobung ableugnen, aber küssen will er! – Sie küssen die Bewußte mit Leidenschaft, Sie haben es selbst bejaht! – Ja, schau einer, diese stillen Wasser...»

Mit einem verlorenen Lächeln stand der kleine Grote inmitten von all diesem Tumult. Es mußte ja gleich zu Ende sein, gleich kam der nächste dran, gleich wurde der nächste ausgelacht! Und Rosa Täfelein blieb gottlob unsichtbar.

Was sind Hoffnungen, was sind Entwürfe? Der so bescheiden und geduldig vor sich hin lächelnde Schüchterne reizte erst recht die Spottlust der Großen, der Starken. Sie riefen:

«Nun soll er es aber auch tun dürfen! Los, Grote, zeige, daß du ein Mann bist! – Küssen ist keine Sünd! – Sie haben doch nichts dagegen, Fräulein Mieder? Es ist ja bloß Spaß!»

Und Gerhard Grote, der wirklich geglaubt hatte, es sei bloß Spaß, merkte, daß es ihnen völlig ernst war, daß er küs-

sen sollte, hier vor allen Leuten, Rosa Täfelein, mit der er noch gar nicht richtig verlobt war!

Ehe er noch einen Entschluß gefaßt, ehe er noch ein Wort des Widerspruchs geäußert hatte, fühlte er sich gezogen und geschoben, übermütig lachend, brachten ihn die Kollegen in jene Ecke.

Und da sah er nun nahe vor sich Rosa Täfelein, wie er umringt von den Kollegen war, war sie umgeben von den Kolleginnen. Und flüchtig fällt ihm auf, daß all diese anderen so gespannte, erwartungsvolle Gesichter machen, während Rosa zwar ein bißchen rot, aber gar nicht übermäßig verlegen aussieht. Und ihm fällt die alte Liedzeile ein: ‹Willst du dein Herz mir schenken, so fang es heimlich an…›

Fast ganz still ist es geworden.

Ganz nahe stehen die beiden voreinander, die Schieber und Schubser haben sie schon losgelassen. Alle warten. Eigentlich wartet auch Gerhard Grote, denn: wie macht man das? Einfach so den Kopf vorstrecken nach ihrem Mund hin?

Unwillig erklingt die Stimme Fräulein Mieders: «Nun aber ein bißchen los! Ich kann die olle Anstellerei nicht leiden! Ihr seid doch Brautleute – oder nicht?»

Und gehorsam bewegt Gerhard Grote in der geplanten Weise seinen Kopf nach vorne – als ihm entgegenkommen wird, als zwei Arme sich um seinen Hals schlingen –, und nun legt sich ihr Mund auf den seinen, er macht die Augen zu, und die Welt versinkt.

Die Kollegen sind vergessen, wie Zeit, wie Ort. Etwas Liebliches, Lebendiges, von einer zarten Frische, etwas Weiches, so süß. Und ganz rasch drehen sich die Bilder hinter seinen geschlossenen Lidern zurück, und er sieht in einem Helldunkel eine zarte, frauliche Gestalt, die sich zu ihm beugt und ihn küßt: die lang dahingegangene Mutter. Der Kuß von heute vereint sich mit dem Kuß von damals, eine glückverheißende Seligkeit, daß die Liebe ihn nicht verlassen hat.

«Genug, genug!» rufen sie lachend, aber freundlich lachend. «Wir glauben's euch jetzt. – Nein, diese Rosa! Wer das von ihr geglaubt hätte!»

Erwachend sieht er in ihr Gesicht, das fast einen triumphierenden Ausdruck trägt. «Fräulein Täfelein», flüstert er glücklich.

Aber ehe noch ein weiteres Wort gesprochen ist, schieben sich die anderen dazwischen. Noch manches Spiel soll so gespielt werden, noch viele Scherze sind in Vorbereitung.

An diesem Abend sahen sich die beiden nicht wieder in die Augen.

Der zornige Vater

Was Rosa Täfelein dachte, erwartete, hoffte, war ihr nicht anzusehen: In unveränderter elfenbeinfarbener Lieblichkeit schaltete und waltete sie auf ihrem Samtlager und empfing Herrn Grote dort mit der gleichen sanften Freundlichkeit wie alle anderen.

Viel beachtet wurde wohl, daß noch immer nichts Gedrucktes von dieser Verlobung in den Zeitungen erschienen war, aber wenn ein Bund erst einmal so öffentlich-mündlich besiegelt ist wie dieser, schicken sich auch die ärgsten Zweifler in Geduld.

So war da keiner, der den kleinen Grote ein bißchen antrieb, denn man wird doch nicht etwa glauben, daß Rosa Täfelein zu so etwas imstande wäre?

Sie sagte: «Ja, Herr Grote!» – «Nein, Herr Grote!» – «Danke schön, Herr Grote!» – «Auf Wiedersehen, Herr Grote!» – was alles in ihrem Mund sehr schön klang, aber mehr sagte sie nicht.

Träumt ein Träumer, genügt ihm oft schon der Traum zu seinem Glück; er denkt nicht daran, daß andere noch etwas mehr von ihm erwarten, Faßbareres als Träume. Der kleine Herr Grote, der seine Rosa Täfelein auf allgemeines Verlangen vor der ganzen Firma Brummer & Co. hatte küssen müssen, war so zufrieden mit seinem Heldenstück, daß er an irgendwelche weitere Taten überhaupt nicht mehr dachte.

Die Tage vergingen und wurden zu Wochen, und das Jahr entfaltete sich mit Laub und Blüten immer voller in den Sommer hinein, doch Herr Grote entfaltete sich nicht weiter.

Rosa Täfelein blieb scheu und lieblich, und aus der Knospe ihrer beider Liebe schien keine Blüte werden zu wollen.

Da geschah es, daß eines Vormittags Herr Marbach von seinem Kontokorrent den Blick hob, ihn recht zwingend auf seinem Pult gegenüber Grote ruhen ließ und – als ihm das andere Auge begegnet – harmlos sanft fragte: «Was ist denn eigentlich mit deiner Braut los, Grote?»

Sofort war Grote verwirrt. «Was soll denn los mit ihr sein, Marbach?» fragte er. «Ich weiß nichts!»

Marbach betrachtete ihn mit ernst-prüfendem Auge. «Also wirklich nichts los?» fragte er noch einmal.

«Wirklich nichts!» beteuerte Grote.

«Komisch!» sagte Marbach und kehrte nach einem letzten ernsten Blick in sein Kontokorrent zurück.

Beinahe fünf Minuten hielt es Gerhard Grote aus. Dann sagte er schüchtern: «Du, Marbach...»

«Fünfundsechzig, dreiundsiebzig, siebenund... vierundachtzig – einen Augenblick, bitte, Grote – einundneunzig –» er addierte immer weiter – «zweihundertsiebzehn... Ja, bitte, Grote?»

«Warum hast du mich denn eben gefragt? Was soll denn los sein mit Fräulein Täfelein?»

«Und du weißt es wirklich nicht?»

«Ich weiß es wirklich nicht, was du meinst!»

«Komisch!» sagte Marbach mißbilligend.

«Was ist denn so komisch?» bat Gerhard Grote flehend, denn er sah, daß es Marbach gar nicht komisch fand. «Sage es mir doch bitte, Marbach!»

«Daß ihr so komische Leute seid, das finde ich komisch!» antwortete Marbach mit düsterem Kopfschütteln. «So ein Brautpaar wie euch gibt's nur einmal.»

«Aber Marbach, ich bitte dich, quäle mich nicht länger! Sag mir doch, was los ist mit Rosa!»

«Und du sitzt hier über deinem Journal», sagte Marbach

fast drohend, «und weißt nicht, daß Rosa Täfelein seit gestern früh fehlt! Du, der Bräutigam, weißt nicht, daß sie krank gemeldet ist? Vermutlich Grippe! – Siehst du, Grote, das ist es, was ich komisch finde!» Mit einem niederschmetternden Blick kehrte Marbach zu seiner Addition zurück.

Diesmal brauchte Gerhard Grote nicht den kleinsten Vorwand, in Fräulein Mieders Samtlager hinaufzufahren – was er allerdings besser schon gestern getan hätte, aber aus Träumerei wie Diskretion ließ er sich dort nur selten sehen.

Im Samtlager war es still und leer, aber durch die angelehnte Tür hörte er Stimmen aus Fräulein Pechs I Haarhutlager. Kühn vor Angst drang er ohne Verweilen dort ein. Es waren dort in eifriger Unterhaltung über die kommende Damenhutherbstmode (ob Stroh oder Filz bevorzugt) versammelt Herr Brummer, der Juniorchef, Fräulein Mieder und drei oder vier Kunden.

Nichts hielt den Grote, ohne Scheu drang er ein in den Kreis. «Ach, bitte, Fräulein Mieder, was ist denn mit Rosa? Haben Sie Nachrichten?»

Er atmete hastig, als hätte er einen langen Lauf hinter sich.

«Sie stören, Herr Grote!» rief Fräulein Mieder in ehrlicher Entrüstung. «Sehen Sie denn nicht, daß wir geschäftlich beansprucht sind? Ich bitte Sie, sofort das Haarhutlager zu verlassen!»

Alle Blicke lagen auf ihm. Er wollte noch rebellieren, aber sein Mut verließ ihn, mit gesenktem Kopf schlich er zur Tür.

Sie sahen ihm nach.

Dann bewegte ein menschliches Rühren die Brust des Juniorchefs, er ging dem Unseligen nach und sagte leise: «Gehen Sie zu Herrn Pohle – der hat mit dem Vater telefoniert!»

Fräulein Mieder räusperte sich stark. Herr Brummer eilte in die Gruppe der Verhandelnden zurück, nicht weniger schnell suchte Gerhard Grote Herrn Pohle auf.

«Ja, eine Grippe», berichtete der ganz willig. «Viel war aus

dem Vater nicht herauszukriegen. Ein etwas komischer Herr, ohne Ihren Schwiegervater in spe kränken zu wollen – nun, Sie kennen ihn gewiß auch von der Seite?» Und er sah Gerhard Grote über seine Brille fort listig an.

«Er macht Entfettungstees», murmelte der verlegen.

«Richtig, seine Tees!» sagte Herr Pohle zufrieden, denn nun konnte er der Firma berichten, daß der kleine Grote wirklich den Vater seiner Rosa zu kennen scheine, daß die Verlobung also auch ohne Ringe offiziell sei. «Ja, seine Tees... Er scheint ja die Tochter allein mit Tee kurieren zu wollen und weigert sich beharrlich, einen Arzt hinzuzuziehen. Und wir brauchen doch einen Krankenschein! Wo kommen wir hin, wenn jeder nach seinem Kopf gesund werden wollte, ohne Arzt und Schein. Wir brauchen ihn doch als Beleg!»

Er sah Gerhard Grote traurig an.

«Wenn Sie Ihren Einfluß gebrauchen wollten, Herr Grote?»

«Ich will sehen», sagte der Kleine verloren und entwich dem Oberbuchhalter.

Den Rest des Tages verbrachte er in schweren Gedanken, und wenn er sich aus ihnen aufraffte, unter Marbachs verwundertem Blick, und eine Buchung machte, so war sie bestimmt falsch. Noch heute findet sich in den Büchern der Firma Brummer & Co. (blau durchstrichen und mit rotem Ausrufungszeichen versehen) folgende Eintragung:

Per Unkostenkonto
An Lagerkonto
17 Entfettungstees 17 Mark

– wobei die Siebzehn das von Grote geschätzte Alter Rosas darstellen sollte – alles ein Zeichen dafür, wieweit Liebeswahnsinn auch das sanfteste Herz verblenden kann.

Der frühe Sommerabend sah dann den Bräutigam in der Bahn, wieder trug er etwas in der Hand, diesmal einen Strauß echter roter Rosen – nicht ganz so purpurn wie jene auf eine Schachtel gedruckten, die als Heiligtum seine Kommode zierte. Doch er war sich gar nicht sicher, ob denn diese Rosen ihre Bestimmung erreichen würden. Mit den Krabben war es gescheitert, mit dem Konfekt mißlungen, und nun sollte er, ein Wildfremder, vor die gefürchteten Eltern treten und Rosa zu sehen verlangen? Es schien ihm, trotz aller innerlich memorierten Ansprachen, ganz unmöglich! Und vor allem: würde es denn ihr auch recht sein?

So ging er langsam vom Bahnhof zu jener stillen Straße, er

nahm sich sogar die Zeit, in Erinnerung an sie, vor den Standfotos des Kinos stehenzubleiben. Freilich sah er sie nicht.

Aber die stille Straße war an diesem Abend gar nicht still. In fast allen Gärten wurde noch gewerkt, auf den Hausbänken saßen die Alten und Frauen und sahen scharf auf den fremden jungen Mann, und in der Straße selbst wirbelte es vor lachenden, schreienden, tobenden Kindern.

Still und unauffällig ging Gerhard Grote bis zu der alten, guten Krabbenbank, auf der er eine so schöne Nachtstunde mit ihr verlebt hatte. Er setzte sich und sah auf das Häuschen, das als einziges in der Reihe ohne Laut dalag, nicht einmal die Kräuterbündel regten sich in der stillen Sommerluft.

Nun war er am Ziel, oder fast am Ziel, aber ebensogut hätte er bei Brummer & Co. oder in der Küche bei Mutter Witt sitzen können, so unmöglich schien es ihm, dort zu klingeln und sich den Eltern zu erklären. Er haderte mit sich, er beschimpfte sich, aber beinahe war er sich klar darüber, daß er unverrichtetersache wieder nach Hause fahren würde. Nicht einmal den Strauß Rosen würde er auf der Türschwelle niederzulegen wagen – das konnte ihr Unannehmlichkeiten machen!

Oh, diese elende Schüchternheit! Ach, dieser ewige mangelnde Glaube an sich selbst! Es wäre ihm ja viel leichter geworden, abseits in der Stille sein Leben für sie hinzugeben, als einem fremden und wahrscheinlich bösen Vater auseinanderzusetzen, wieso er eigentlich der Bräutigam seiner Tochter war! Er war verrucht, aber es fehlte ihm alle Kraft, dies zu ändern.

So blieb ihm nur, auf der Bank zu sitzen, jenes Giebelfenster anzustarren, das er zu dem ihren ernannt hatte, und zu wünschen: ‹Ach, komm doch einmal ans Fenster und sieh zu mir her! Bitte, bitte! Nur ein einziges Mal!›

Aber sie war sehr krank. Sie lag im Bett und wurde mit Tees kuriert!

‹Ach, nur ein einziges Mal sieh doch her zu mir!›

Eine lange Zeit verging so, unter diesem Hinstarren, da verknäulte sich eine Schar spielender Kinder in seiner Nähe. Sie schrien sehr, jedes schien gegen jedes zu streiten, die Kleinen wie die Mittelgroßen, und ähnlich wie vor einem Ameisenhaufen war es unmöglich auszumachen, um was sie sich mühten. Plötzlich brachen sie in ein Geschrei aus: «Männe, der Leutnant! – Männe is Leutnant», und sie stoben davon in alle Richtungen, bis auf einen kleinen Jungen, der stehengeblieben war, eine viel zu weite Feldmütze auf den Ohren.

«Was spielt ihr denn, Männe?» fragte Gerhard Grote, dem das Herz angesichts ihres Brüderchens heftiger zu schlagen anfing.

«Urlaub auf Ehrenwort doch!» sagte der Junge, erstaunt über die Unwissenheit des Großen. «Was hast du denn in dem Papier? Doch keine Schokolade?»

«Nein, diesmal nur Rosen.»

«Rosen haben wir selber im Garten», sagte der Junge mißachtend.

«Das nächste Mal bringe ich dir wieder Schokolade mit. Du darfst aber nicht alle auf einmal aufessen!»

«Das macht mir gar nichts!» behauptete Männe stolz. «Weißt du noch, wie ich euch den ganzen Kasten leer gefuttert habe? Das war fein!»

«Aber du wurdest sehr krank davon und sagtest ‹Olle Schokolade›!»

«Das war nur ein Augenblick, gleich war ich wieder gesund!»

«Und jetzt ist deine Schwester krank?»

«Das Röschen? Willst du zu ihr? Komm, ich bring dich. Sie langweilt sich immer so, aber ich mag auch nicht immer bei ihr sitzen.»

«Ist sie ganz allein?»

«Natürlich! Komm, mach schnell! Ich bin Leutnant, und wenn die Soldaten wiederkommen, muß ich sie alle einfangen und mächtig verhauen, weil sie zu spät kommen.»

Gerhard Grote zögerte noch immer. «Wo ist denn dein Vater?» fragte er dann.

«Och!» sagte Männe nur und lief zum Haus hinüber.

Halb wider Willen folgte ihm der kleine Grote.

Es ging um das Haus herum auf das Höfchen, alles war still und leer. Eine Treppe führte hinter einer Tür in den Giebel des Hauses, ganz wie er es sich gedacht hatte, und diese Treppe polterte der Junge eilig hinauf.

Grote war erst halb hoch, da riß Männe eine Tür auf, schrie: «Röschen, da kommt er», und schon war er wieder treppab.

Grote klopfte gegen die halboffene Tür, ein sanftes «Herein» ertönte, und er trat über die Schwelle, ihr mit einer Hand die Rosen entgegenstreckend, während die andere Hand sachte die Tür zuzog.

«Guten Abend, Fräulein Täfelein!» sagte er leise, ehe er sie noch recht gesehen hatte.

Doch nun sah er sie. Der letzte Abendglanz fiel durch das Fenster auf ihr Gesicht, aber vielleicht war es nicht nur dieser Glanz, der ihre Wangen mit ein wenig Rot gefärbt hatte.

«Sie sind es!» flüsterte sie, nicht einmal sehr erstaunt. «Nein, was ist doch der Männe für ein Junge! Sie einfach hier heraufzuschleppen!»

«Hoffentlich sind Sie mir nicht böse», sagte der kleine Grote. «Ich meine, wegen Ihrer Eltern.»

«Sie werden fortgegangen sein», erklärte Fräulein Täfelein. «Ich liege hier den ganzen Tag allein. Es ist schrecklich langweilig.»

«Ich habe es erst heute erfahren, ich meine, daß Sie krank sind.»

«Es ist nicht so schlimm, Vater meint, in einer Woche bin

ich wieder auf den Beinen. Was sagen sie denn bei Brummer?»

«Gar nichts! Ich habe nichts gehört!» log Gerhard Grote, der nicht von dem fehlenden Krankenschein anfangen mochte. «Ich habe hier ein paar Blumen für Sie, Fräulein Täfelein.»

«Oh, wie schön! Kommen Sie, legen Sie sie auf meine Bettdecke, daß ich sie sehen kann. Wie schön sie duften; wissen Sie noch, die Rosen auf der Konfektschachtel – die waren auch so schön! Ich habe die Schachtel nachher überall gesucht, aber sie war ganz verschwunden!»

«Sie steht daheim bei mir auf der Kommode», gestand Gerhard Grote schuldbewußt. «Ich habe sie ganz in Gedanken mitgenommen. Jeden Tag sehe ich sie an. – Wie ist es denn bei Ihnen ausgegangen am Sonntag?»

«Ich habe Mutter alles erzählt», meinte sie vorsichtig.

«Und?» drängte er. «Und?»

«Ach, Mutter ist so herzensgut – sie hat mich nur angesehen, mit großen Augen, und hat gesagt: ‹Hoffentlich bringt es dir Glück.›»

«Und», fragte er weiter, «dein Vater, was hat dein Vater gesagt?»

Er merkte in seinem Eifer gar nicht, daß er sie mit dem vertraulichen Du angeredet hatte. Rosa wurde ein bißchen rot. Aber dann sagte sie, als habe auch sie nichts gemerkt: «Vater weiß nichts – von Ihrem Besuch.»

Sie dachte einen Augenblick nach, dann meinte sie noch: «Aber genau weiß man bei Vater nie, was er gesehen und was er nicht gesehen hat.»

«Aber du meinst, er hat nichts gemerkt? Das wäre sehr gut!» Er unterbrach sich. «O Gott, Fräulein Täfelein, nun habe ich zu Ihnen du gesagt, ich bitte tausendmal um Verzeihung. Ich weiß gar nicht, wie ich dazu komme! Es muß mir direkt so rausgerutscht sein!»

Er hatte ihre Hand gefaßt und schüttelte sie in seiner Aufregung immer kräftiger. Denn er war aufgeregt. In ihm sprach es: Jetzt ist der Augenblick, wo du mit ihr über die ‹richtige› Verlobung reden kannst, dieses Du schlägt die Brücke.

Aber sie schüttelte den Kopf. Sie hatte sich lauschend im Bett aufgesetzt, sie flüsterte: «Ich glaube, draußen ist jemand.»

Er ließ eilig ihre Hand los, auch er lauschte. «Ich höre nichts!» meinte er dann.

Aber sie sagte ungeduldig: «Psst!» und lauschte wieder. Es wurde ein silbernes Klingeln hörbar, ein porzellanenes Klappern. «Setzen Sie sich dort auf den Stuhl!» hauchte sie hastig. «Sagen Sie irgend etwas – Vater ist so leicht mißtrauisch.»

Auf ging die Tür, und herein kam ein kleiner gelblicher Mann mit einer großen, blaugepunkteten Kanne auf einem Tablett. «Da bringe ich dir deinen Tee, Rosa!» sagte Herr Reinhold Täfelein sanft. «Ich habe diesmal noch Schafgarbe zugesetzt, Schafgarbe wird dir besonders guttun, Röschen!» Er unterbrach sich. Er hatte den Besucher erschaut und verwirrte sich. «Besuch!» flüsterte er. «Besuch in der Abendstunde! Ich will nicht stören. Ich bitte um Entschuldigung.»

Und er machte Anstalten, sich samt dem Tee überstürzt zu entfernen.

«Bitte, Vater, bleib doch!» rief Rosa. «Es ist doch Herr Grote – vom Geschäft! Herr Grote will sich nur erkundigen.»

«Ja, ich will mich nur erkundigen», bestätigte Gerhard Grote, der immerzu über das Irgend-Etwas gegrübelt hatte, das er sagen sollte.

«Ich störe bloß», sagte der Vater und bewegte sich gegen die Tür.

«Erkundigen, wie es mir geht!» fuhr Rosa Täfelein fort.

«Wie es Ihrer Tochter geht», kam Grotes Echo.

«Stören», flüsterte der Vater und hatte die Klinke in der Hand.

«Und wegen des Krankenscheins», sagte erleuchtet Gerhard Grote, der endlich das Irgend-Etwas entdeckt hatte.

Die Bewegung aus der Tür hörte plötzlich auf. Reinhold Täfelein zeigte nicht mehr den Rücken, er bot dem Feind die Stirn, er dachte an keine Störung. «Der Krankenschein!» sagte er. «Das habe ich mir doch gedacht! Der Krankenschein!» Seine Stimme wurde immer fester und streitlustiger. «Sie sind der Herr Pohle, mit dem ich telefoniert habe wegen des Krankenscheins!»

«Aber nein, Vater!» rief Rosa Täfelein beruhigend. «Das ist Herr Grote. Herr Oberbuchhalter Pohle ist mindestens dreißig Jahre älter. – Und einen Bauch hat er auch!» setzte sie mit einem fast zärtlichen Blick auf den kleinen Grote hinzu.

Doch der Vater hörte gar nicht die Stimme der Tochter. Stärker erklirrte das Teetablett in der Hand des sich Erregenden. «Sie werden keinen Krankenschein bekommen!» rief er dröhnend. «Ich lasse meine Tochter weder allopathisch noch homöopathisch vergiften – nicht für alle Scheine der Welt! Ich gebe ihr Tee! Aus den Wurzeln, aus den Blättern, aus den Stielen, aus den Blüten, aus den Früchten ziehe ich die heilende Kraft mit dem reinen Wasser, durch reines Feuer zum Sieden gebracht!»

«Er ist ja gar nicht wegen des Krankenscheins gekommen, Vater!» rief Rosa Täfelein. «Sieh doch nur, er hat mir Rosen mitgebracht!»

Aber Gerhard Grote verdarb wieder alles. «Der Schein ist doch nur eine Formsache, Herr Täfelein!» sagte er erklärend. «Wir brauchen ihn auf der Buchhaltung als Beleg. Sie können doch einen Arzt rufen und Ihrer Tochter doch weiter Tee geben!»

«Kein Doktor betritt das Haus!» rief Herr Täfelein dagegen. «Keines dieser Rezepte wird hier geschrieben! Ein Beleg! Ein Giftschein! Lieber soll Rosa nie wieder Ihr Geschäft betreten, ehe ich ihre Gesundheit für einen solchen Schein gefährde!»

«Vater, bitte, sieh doch die Rosen an!» bat Rosa noch einmal. «Herr Grote, sagen Sie doch bitte Vater, warum Sie *wirklich* gekommen sind.»

«Wirklich, ich wollte mich nur erkundigen. Weil ich nämlich mit Fräulein Täfelein befreundet bin, ich meine, weil ich sie sozusagen kenne, vom Samtlager her...»

«Rosen!» sagte Herr Täfelein. «Befreundet! Samtlager! In

der Abendstunde! Nein, ich verstehe schon, Sie sind doch der Herr Pohle.»

«Aber Vater, Herr Pohle hat doch einen Bauch!»

«Bauch!» sagte Herr Täfelein, sah dem armen Grote auf die Weste und schloß fest den Mund. Dann: «Sie haben von dem Krankenschein angefangen. Sie wollen Rosa überreden – wahrscheinlich haben Sie schon einen Doktor heimlich in Bereitschaft!»

«Aber wirklich nicht! Ich bin wirklich nur...»

«Haben Sie von einem Krankenschein geredet oder nicht?»

«Ja – aber...»

«Genug! Sie gehen, mein Herr! Es tut mir leid, ich bin ungern unhöflich, aber es muß sein! Sie gehen die Treppe hinunter – nein, Sie brauchen sich nicht von meiner Tochter zu verabschieden, vielleicht wollen Sie ihr nur etwas zuflüstern.»

«Aber ich bitte Sie, Herr Täfelein...» Gerhard Grote warf einen flehenden Blick durch die Tür, er stand schon vertrieben auf dem Vorplatz.

«Nichts!» sagte Herr Täfelein entschieden. «Nichts mehr! Ich begleite Sie! Ich will mich überzeugen, daß Sie auch richtig aus dem Haus kommen. Noch ist Rosa meine Tochter, ich dulde keine fremden Einflüsse.»

Über die Treppe klirrt das Tablett. «Und ich verbiete Ihnen», fuhr Herr Täfelein mit immer stärkerer Stimme fort, «ich verbiete Ihnen für heute und immer, mein Haus zu betreten! Meine Tochter wird auf meine Art gesund!»

«Ich flehe Sie an», bat Gerhard Grote, der wieder einmal alle seine Hoffnungen entfliehen sah, «hören Sie mich nur einen Augenblick an! Es liegt wahrhaftig ein Irrtum zugrunde! Ich bin nicht wegen des Krankenscheins gekommen.»

«Lügen Sie auch noch, junger Mann!» sagte Herr Täfelein traurig. «Die Lüge schändet jeden Menschen, am meisten aber die Jugend!» Er drängte stärker gegen Gerhard Grote an,

der sich mit der Hand am Treppengeländer festhielt. Auf dem Tablett kam der Tee zum Wanken. «Sie selbst haben von dem Krankenschein gesprochen.»

«Ich habe damals gelogen», sagte der kleine Grote hastig. «Oder vielmehr, ich habe nur einen Teil der Wahrheit gesagt. Ich bin auch wegen des Krankenscheins gekommen.»

«Da sehen Sie es», frohlockte Herr Täfelein. «Und jetzt gehen Sie!» Dabei drängte er stärker gegen den Kleinen. Die letzten Treppenstufen lagen vor ihnen.

«Ich bin befreundet mit Ihrer Tochter!» rief Gerhard Grote mit dem Mut der Verzweiflung. «Hören Sie mich an, ich bin doch Rosas Freund! – Das heißt…» Die nackte Deutlichkeit des Satzes erschreckte ihn. «Das heißt, ich meine damit…»

«Nun, was meinen Sie damit, Herr Pohle?» fragte der Vater und hatte den Besucher jetzt auf dem Hinterhöfchen. «Wie soll ich das verstehen, daß Sie Rosas Freund sind?»

«Aber gar nicht!» beeilte sich bestürzt Gerhard Grote. «Nicht so, wie Sie denken, Herr Täfelein! Ich verehre Ihre Tochter, ich…»

«Psst! Psst!» klang es sanft aus dem Küchenfenster. Eine freundliche Frau lehnte daraus. In ihrem runden Gesicht erkannte Gerhard Grote die zarte Lieblichkeit der Tochter.

«Psst! Psst! Nicht jetzt! Das ist der junge Herr Grote, nicht wahr?»

«Ja!» sagte Gerhard Grote kläglich.

«Rosa hat mir schon von Ihnen erzählt, Herr Grote. – Das ist ein Kollege Rosas, Vater», fuhr sie zu ihrem Mann gewandt fort. «Er hilft Rosa oft bei den schweren Kartons. – Aber du stehst ja hier wirklich auf dem Hof, mit dem Teetablett! Der Tee muß längst kalt sein! Gib ihn mir, Vater!»

Der Vater Täfelein tat nichts dergleichen. «Tee!» sagte er. «Guter gesunder Tee, jede Pflanze von mir gesammelt, kein Massendreck!» Ein zärtlicher Blick ging von der blaugepunkteten Kanne zu den Kräuterbündeln, die sich leise raschelnd an ihren Stricken im Maienwind bewegten. «Tee, der Rosa, der jeden gesund macht! Schafgarbe, Lindenblüte, Zitronenmelisse, Holunder... Und er will einen Krankenschein von mir! Mutter, ich soll einen Arzt zu Rosa holen!»

«Nun», sagte Frau Täfelein, gar nicht niedergeschmettert von dieser Eröffnung, die ihren Mann so erregte. «Er wird tun müssen, was sie ihm im Geschäft aufgetragen haben! Nicht wahr, Herr Grote?»

Grote nickte kläglich mit dem Kopf.

«Aber er hat gelogen, Mutter!» rief Herr Täfelein. «Er hat selbst zugegeben, daß er gelogen hat! Einmal sagte er, er ist wegen des Scheins gekommen, und dann wieder, weil er ein Freund von Rosa ist!»

«Ist er das nicht auch, Vater?» fragte Frau Täfelein sanft. «Wo er ihr doch die schweren Kartons von den Regalen hilft?»

Einen Augenblick standen die beiden Männer stumm, plötzlich ordnete sich ihnen unter dem sanften Frauenwort die verwirrte Welt. «Aber...» fing dann Herr Täfelein wieder an, doch nur schwach.

«Aber er kann ja aus beiden Gründen gekommen sein», fuhr die sanfte Frau Täfelein fort. «Wegen des Scheins, weil sie's ihm im Geschäft aufgetragen haben, und sonst eben aus Freundschaft.»

«Er hat ihr Rosen mitgebracht», gab Herr Täfelein zu.

«Ja!» sagte Gerhard Grote plötzlich ganz begeistert. «Wegen des Scheins, der ist mir ja so egal! Um den mache ich mir keine Sorgen! Rosa soll nur so viel Tee trinken, wie sie will! Sie soll nie einen Doktor brauchen! Aber ich hatte so viel Angst, sie könnte wirklich krank sein, sehr krank...»

Sie sahen ihn beide wohlwollend an, sogar der böse Herr Täfelein. Der kleine Grote war glührot und grenzenlos verlegen und selig aufgeregt. Die Worte verwirrten sich in seinem

Mund, die Sätze schossen wie Kometen durch sein Hirn – gleich, gleich würde er soweit sein, ihren Eltern zu sagen, daß er sie grenzenlos liebte, mehr als alles in der Welt! Und bebte doch zurück vor dem Aussprechen des kleinen Wörtchens ‹Liebe›. – Hatte er es doch noch nicht einmal ihr zu sagen gewagt!

«Ich...» sagte er. «Ich bin wirklich ihr Freund...»

Er verwirrte sich. «Die Kartons sind wirklich manchmal sehr schwer. Und wenn ich nur klein bin, Muskeln habe ich! Ich hantele jeden Morgen! Und wie das damals mit der Ratte war...»

«Ich weiß, Herr Grote», sagte Frau Täfelein sanft. In dem offenen Giebelfenster über ihnen erschien eine kleine, elfenbein getönte Hand, von niemand gesehen. Aber was aus der Hand auf den Hof hinabschwebte, Gerhard Grote leicht an der Nase streifte und zu seinen Füßen liegenblieb, das sahen sie alle. Eine dunkelrote Rose war es, die der kleine Mann langsam und andächtig aufnahm und betrachtete – wie ein Rosenwunder!

«Gib mir den Tee, Vater!» sagte Frau Täfelein aus dem Küchenfenster. «Ich brühe gleich frischen. Und vielleicht bringt ihn dann Herr Grote der Rosa hinauf?»

Gerhard Grote erwachte aus seiner Verzückung. «Nein! Nein!» rief er fast angstvoll. «Bitte nicht! Bitte, bitte nicht! Es ist zuviel auf einmal! Ich bin an so was nicht gewöhnt!»

Er sah von der Mutter zum Vater, er sah zum Fenster hinauf.

«Ich habe doch die Rose!» flüsterte er. «Die Rose ist genug für heute abend!»

Und ganz unvermittelt: «Gute Nacht!»

Die dunkelrote Rose in der Hand, entfloh er, unter den raschelnden Kräuterbündeln fort, durch die weiße Gartenpforte mit der Inschrift:

‹Reinhold Täfelein
Entfettungstees›

hindurch, in den weiten bergenden Mantel der Dämmerung hinein.

In dieser Nacht sahen viele Berliner einen närrischen kleinen Menschen in der Schnellbahn, auf Straßen und Plätzen, der eine einzelne Rose aufrecht vor sich in der Hand trug wie eine Fahne. Manchmal roch er an ihr, dann stolperte er leicht oder stieß an andere – aber er merkte nichts! Er ging daher wie im Traum – er träumte davon, daß er nicht mehr allein war im Leben, daß er nie wieder allein sein würde. Die Rose war das Unterpfand dafür, diese Rose von Rosa Täfelein!

Gardinenringe

«Und sonst nichts?» fragte der lange Marbach unzufrieden.

«Sonst nichts!» nickte ebenso unbefriedigt Herr Oberbuchhalter Pohle.

«Das ist wirklich ein bißchen wenig – finden Sie nicht?» fragte Fräulein Mieder.

«Sehr wenig!» bemerkte Herr Edmund Brummer junior mit Nachdruck.

«Heiliger Klabaster!» rief der lange Marbach nun wieder unwillig. «Ich glaube wirklich bald, dieser sanfte Grote führt nicht nur seine Rosa, sondern die ganze Firma an der Nase herum!»

«Wir müssen eingreifen!» schlug Fräulein Mieder vor.

Aber der Juniorchef gab zu bedenken: «Es ist eine Privatangelegenheit – oder?»

«In meinem Samtlager!» rief die Mieder und verbesserte sich: «In unserem Samtlager!»

«Freilich! Er hat der Firma gegenüber offiziell seine Verlobung erklärt!»

«Und nur darum sind seine Privatbesuche dort geduldet worden!»

«Ob er nicht doch ein *Don Juan* ist?»

«Stille Wasser sind tief!»

«Und er hat wirklich nur gesagt, er kann den Krankenschein nicht beschaffen? Ist er denn wenigstens dagewesen?»

«Ich weiß es nicht!» sagte Herr Pohle. «Er war nicht ganz bei sich! Er hörte überhaupt nicht, was ich fragte.»

«Und was tut er nun?» erkundigte sich Herr Edmund Brummer.

«Er sitzt an seinem Pult und lächelt – wie der leibhaftige Buddha – selig», berichtete Marbach. «Und manchmal faßt er unter die Jacke an sein Herz, als bisse ihn etwas. Dann lächelte er doppelt.»

Die vier schauten einander an.

«Es muß etwas geschehen», sagte der junge Brummer. «Schließlich kommt die Ehre des Hauses in Frage.»

«Wir haben nie solche Geschichten geduldet! Ich werde mir den Jüngling mal privatim vorknöpfen!» Und Fräulein Mieder warf sich in die von einer Art Herrensporthemd bekleidete Brust.

«Bitte, nichts Offizielles!» sagte der Juniorchef hastig. «Sie wissen, Fräulein Mieder, mein Vater wünscht eine strenge Trennung von Privatem und Geschäftlichem!»

«Ein Krankenschein ist ein geschäftlicher Vorgang!» sagte unbeirrt Herr Oberbuchhalter Pohle. «Und wie geschäftlich ist erst ein fehlender Krankenschein!»

«Für den aber der kleine Grote nicht einzustehen hat!»

«Wenn er doch mit ihr verlobt ist?»

«Natürlich – wenn! Aber ist er mit ihr verlobt?»

Vier Gesichter sahen sich ratlos an.

«Dieses olle Rumpoussieren!»

«Vielleicht ist er wirklich nur ein Stiesel?»

«Mir machte er heute früh eher einen verschlagenen Eindruck!»

«Sie meinen damit verprügelt, Herr Pohle?»

«Nein, listig!»

«Ach so!»

«Etwas muß geschehen!»

«Wenn die Rosa wiederkommt, und ich treffe die beiden wieder auf dem Samtlager, kann ich mich nicht mehr bezähmen – geschäftlich oder privat, Sie entschuldigen schon, Herr Brummer!»

«Bitte, bitte, ich verstehe Sie doch, Fräulein Mieder! Aber haben Sie sie denn schon ‹so› getroffen? Sie verstehen schon! Ich meine ‹so›!»

«Nein, eben nicht! Und das wütet mich am meisten, dann wüßte ich doch, woran ich wäre!»
«Oder einer von den Herren?»
«Nein – auch nicht!»
«Dann können wir von der Firma auch nichts tun», schloß der Juniorchef, und Schweigen sank wieder über die vier. Unzufriedenes Schweigen.

«Sie sind doch sonst so einfallsreich, Herr Marbach», fing Fräulein Mieder mit einem etwas säuerlichen Lächeln von neuem an und dachte sicher an einen schokoladenen Rasierapparat. «Fällt Ihnen denn gar nichts ein? Als Kollege können Sie manches tun, was der Firma nicht möglich ist – oder wie denken Sie?»

«Lassen Sie mich bitte einen Augenblick überlegen», sagte der lange Marbach geschmeichelt. Er legte seinen Finger gegen die Nase. «Das werden wir gleich haben!» murmelte er grübelnd. Er schloß die Augen halb. Sechs Augen sahen es gewissermaßen in seinem Hirn arbeiten, sie sahen es voller Hoffnung und Erwartung.

Unterdes genoß in der Buchhalterei der kleine Grote die Abwesenheit seines Kollegen. Nicht mußte er mehr heimlich mit der Hand in die Brusttasche seines Jacketts fahren: offen lag vor ihm auf den Blättern des Brummerschen Kontokorrents eine zwar arg entblätterte Rose. Für ihn aber blühte sie noch in aller purpurnen Frische, ganz abgesehen davon, daß er jedes einzelne abgefallene Blütenblatt zwischen den Seiten seines Taschenkalenders verwahrt hatte!

Er war anerkannt!

Er war von ihren Eltern anerkannt worden. Der gefürchtete, vom Nimbus der Entfettungstees umwitterte Vater hatte gegrollt und war doch sanft geworden! Sie hatte die reizendste Mutter von der Welt, die immer für ihn geredet hatte! Und eine Rose war vom Himmel herabgeschwebt, aus der Dachstube des Himmels selbst; er liebte nicht nur, er wurde auch geliebt!

Es war immer noch zuviel! Die Woge des Glücks war immer noch im Steigen. Sie füllte sein kleines Herz bis zum Rand. Er würde eine lange, lange Zeit brauchen, sich an das Gefühl zu gewöhnen, daß dieses nie erfahrene Glück kein Traum, sondern Wirklichkeit war. O Rosa, Rose ohnegleichen! O Ratten, Krabben, Tee, o Krankenschein! Auf und ab hatte ihn in arger Verwirrung der Fahrstuhl getragen, zuletzt ab, ganz ab zu einer herben Rüge der männlichen Mieder – und nun war er doch ganz oben über allen Fahrstühlen, Miedern, Samtlagern im wolkenlosen Himmel des Glücks, in dem nie die Sonne untergeht!

«Ich werde einfach eine Verlobungsanzeige der beiden in die Zeitung setzen!» erklärte der lange Marbach und nahm den Finger von der Nase. «Dann *muß* er Farbe bekennen!»

«Das verbiete ich Ihnen, Herr Marbach!» sagte der Juniorchef streng. «Das grenzt ja schon an Urkundenfälschung! Solche Dinge will ich keinesfalls in meinem Hause haben!»

«Aber ich würde es doch ganz privat von mir aus tun!» rief Marbach erstaunt. «Sie brauchten ja nichts davon zu wissen!»

«Aber ich weiß davon!» sagte Edmund Brummer scharf. «Mein Vater würde entsetzt sein!»

«Sie haben eine Neigung zu bedenkenlosen Scherzen!» sagte auch Fräulein Mieder und dachte wieder einmal an den Rasierapparat aus Schokolade.

«Dann also nicht!» sagte der lange Marbach verständnislos, aber ergeben. «Mir wird schon was anderes einfallen!»

Und wieder legte er den Finger an die Nase. Drei Augenpaare sahen erwartungsvoll auf ein viertes, halbgeschlossenes.

Unterdes lag die kleine, elfenbeinfarbene Rosa Täfelein in ihrem Bett und war gar nicht elfenbeinfarben, sondern recht rot. Sie warf den Kopf von einer Seite des Kissens auf die andere und sagte: «Er wird bestimmt heute noch kommen – das denkst du doch auch, Mutter?»

Sie wartete aber auf keine Antwort, sondern legte den Kopf wieder auf eine kühlere Stelle des Kissens, lächelte und fragte: «Habe ich dir schon das von den drei Fragen hinter der Tür erzählt, Mutter? Den ersten Kuß habe ich ihm gegeben – das schadet doch nichts, Mutter?»

«Nein, das schadet nichts – bei ihm bestimmt nicht, Rosie!» Und besorgt die Hand auf der Stirn der Tochter: «Ich möchte doch gerne bei dir Temperatur messen, wenn Vater nur nicht so komisch wäre! Bestimmt hast du Fieber!»

«Ich habe kein Fieber, es ist nur das Glück, Mutter! Nein, laß bitte die Hand auf meiner Stirn, deine Finger sind so schön kühl! Wenn ich jetzt die Augen zumache, ist es, als flösse Wasser in mich – ich sehe richtig einen Bach fließen, mit kleinen grünen Pflänzchen auf seinem Grunde, die sich in der Strömung bewegen...»

«Wenn sie ihm nur nicht so wegen des Krankenscheins zugesetzt hätten, würde Vater zugänglicher sein! Jetzt denkt er, er muß seine Tees gegen die ganze Welt verteidigen. Ich möchte so gerne deine Temperatur messen – nur, ich mag nichts hinter Vaters Rücken tun.»

Die Tür öffnet sich, und es erschien Reinhold Täfelein mit der blaugepunkteten Kanne. «So, das wird niederschlagen!» sagte er eifrig. «Davon wirst du schwitzen – und morgen früh kannst du schon aufstehen, Rosie!»

Sie hörte weder auf die Mutter noch auf den Vater. «Eigentlich bin ich doch jetzt eine richtige Braut», flüsterte sie eilig. «Wenn er nur nicht so schüchtern wäre! Aber dann mag ich es auch wieder gerade gern, daß er so schüchtern ist! Ich mag die Frechen nicht. Herr Marbach ist einfach frech, aber Gerhard Grote...» Und sie lächelte mit geschlossenen Augen.

«Sie hat bestimmt Fieber – ob wir nicht doch einmal messen?»

«Mutter!» sagte er vorwurfsvoll. «Fängst du jetzt auch an wie die? Meine Tees haben immer geholfen, das mußt du doch zugeben!»

«Wenn er nur von selbst an die Ringe denkt! Es ist ja so schön, wie es jetzt ist, aber richtig schön wäre es, wenn wir Ringe trügen! Mit unserem Namen und dem Datum von unserem Verlobungstag drin! Wann war eigentlich unser Verlobungstag? Als er es der Mieder sagte, wir seien verlobt, oder als ich ihm den ersten Kuß gab auf ihrem Geburtstag? Ja, solch ein Ring wäre schön.»

«Nein, ich erzähle nicht, was ich jetzt vorhabe», sagte der lange Marbach und nahm den Finger von der Nase. «Aber ich habe etwas vor, was sich bestimmt mit dem Ansehen der Firma verträgt.»

«Dann könnten Sie es auch Herrn Brummer und mir erzählen, finden Sie nicht?» sagte Fräulein Mieder ein wenig gereizt. «Aber vielleicht fürchten Sie doch, daß wir eine etwas andere Ansicht vom Firmen-Ansehen haben als Sie?»

«Ich tue es auch ganz privat», sagte Marbach, überlegen lächelnd. «Niemand soll diesmal davon wissen. Aber dafür werden wir morgen früh heraushaben, ob dieser kleine Grote ein ganz gerissener *Don Juan* ist oder eben so, wie es sich mit der Würde des Hauses Brummer & Co. verträgt.»

In dieser Nacht maß Frau Täfelein doch heimlich vor ihrem Reinhold die Temperatur und stand sofort vor dem neuen Problem, ob sie auch heimlich einen Arzt holen sollte. An der Lösung dieses Problems aber verzweifelte sie, denn Herr

Täfelein gehörte zum schrecklichen Geschlecht jener Hauskater, die immer dann nicht einen Fuß vor die Tür ihres Hauses setzen, wenn man sie sich ins Pfefferland wünscht.

In dieser Nacht erwachte der kleine Grote von einem Stich in seine Backe. Er lag erwacht im Dunkeln, fühlte ein Brennen, entschloß sich, Licht zu machen, und entdeckte, daß er auf dem Rosenstengel (mehr war von der Rose nicht übriggeblieben) geschlafen und sich den einzigen Stachel dieses Stengels in die Backe gebohrt hatte. Seltsamerweise machte ihn dieses noch glücklicher. Er löschte das Licht und dachte: Vielleicht gehe ich morgen, nein, heute schon zu ihr. Vielleicht aber auch erst übermorgen, das heißt richtig morgen.

In dieser Nacht lauschte Herr Täfelein sehr lange, ob seine Eheliebste auch schliefe. Als er ganz sicher war, sie tat es (sie tat es aber nicht, sondern grübelte über Heimlichkeiten vor ihm), schlüpfte er auch heimlich vor ihr aus dem Bett und in seine Kräuterkammer: Es war ihm eine noch bessere Teemischung eingefallen! ‹Die› sollten doch keinesfalls recht behalten!

In dieser Nacht meinte Rosa Täfelein im fieberischen Halbschlaf, eine Nachtigall schlagen zu hören. Der Vogel hob immer von neuem an, und immer von neuem hob er mit seinem Gesang das kranke Mädchen aus dem beängstigenden roten Fiebergewühl auf kühle, lichte Höhen. Er sang sie empor, sie schwebte so leicht – kühl, kühl, o Wasser, o Hand auf der Stirn, du mein kleiner, schüchterner Freund, Freund fürs Leben! Kommst du heute nicht, um so besser, so kommst du morgen bestimmt! Singe, Vogel, schlage, Nachtigall, immer weiter empor! Schweige nicht, sonst sinke ich. – Und am Morgen?

Am Morgen sah der kleine Grote auf seinem Schreibtisch vor sich zwei große, runde gelbe Gardinenringe aus Messing liegen! Nein, nicht eigentlich Gardinenringe, sondern es waren jene viel größeren Ringe, die man über die Stangen einer Portiere schiebt!

Grote sah die Ringe an. Sie lagen da, waren gelb, blinkten. «Aber, ich verstehe nicht», fing er an. Und er hörte wieder auf.

Die beiden Ringe erschienen nicht als Einzelwesen, auf künstliche Weise waren sie ineinander verschlungen, wie eine ‹8›. Da war nun wirklich nicht viel zu verstehen, es war ein echt Marbachischer Wink mit dem Zaunpfahl!

Grote sah von den Ringen zu Marbach hin. Marbach schrieb mit einem Eifer, der jedes Hochsehen verbot. «Marbach», sagte Grote.

Marbach schrieb.

«Marbach!» fing Grote wieder an. «Diese Ringe...» Marbach entschloß sich. Er legte den Federhalter hin, sah hoch und sagte lärmend: «Nun, du mein alter Fliegentöter! Darf ich mich erkundigen, wie Euer Gnaden geruht haben? Drei Minuten zu spät auf dem Büro – was unserer trefflichen Mieder nicht entgangen sein dürfte, findest du nicht?»

«Marbach!» sagte der kleine Grote unbeirrt. «Diese Ringe...»

«Ringe sagst du?» fragte Marbach und sah ihm bieder ins Auge. «Ringe? Was verstehst du unter Ringen? Reimst du Ungereimtes?»

Gerhard Grote gelang es, die Hand des Weltmannes aus der Damenputzbranche zu erfassen. «Ich danke dir sehr herzlich, Marbach», sagte er. «Verstelle dich bloß nicht, das hast du getan! Es war furchtbar nett von dir! Ich bin ja solch ein Kamel in so was – von selbst hätte ich nie daran gedacht! Natürlich muß ich die Ringe besorgen – es war furchtbar nett von dir, Marbach, daß du mich erinnert hast!»

Und seine Dankbarkeit war so aufrichtig, die Ahnungslosigkeit den Hintergründen dieser Ringe gegenüber so immens, daß der gewandte Marbach fast die Fassung verlor.

«Jaja, ist schon gut», sagte er und versuchte, seine Hand dem dankerfüllten Händedruck zu entziehen. «Rege dich bloß nicht so auf, Grote! Du bist – beim alten Brummer schwör ich es! – das gerupfteste Huhn des Weltalls!»

«Willst du mir diese Ringe abtreten? Ich bezahl sie dir natürlich! Ich möchte sie über mein Bett hängen, sie sollen mich daran erinnern. Ich denke immer viel zuviel an mich! Natürlich werde ich die richtigen Ringe heute noch besorgen und ihr vielleicht schon morgen bringen. Sie ist krank, aber ich denke, sie wird sich doch freuen.»

Und Gerhard Grote verlor sich in ein ziemlich zusammenhangloses Gefasel von Erinnerungen, Schwärmerei und Liebe, dem der überlegene Marbach mit unbegreiflicher Geduld lauschte. Er erfuhr so ohne Frage alles, was er wissen wollte. «Ich hätte es nie für möglich gehalten», sagte er nachher zu der Prokuristin, Fräulein Mieder, «aber der kleine Grote ist immer noch mehr Lamm, noch und noch! So was hat es nicht gegeben, seit Eva mit dem ersten Feigenblatt den Damenputz erfand!»

«Ich muß doch sehr bitten, Herr Marbach!» sagte Fräulein Mieder und verbarg ihre Befriedigung über die gerettete Sitte der Firma unter einem herben Ton. «Ich finde, manche Herren sollten sich an solcher Lammhaftigkeit ein Beispiel nehmen – finden Sie nicht?»

«Soviel mir bekannt ist, werden aus Lämmern immer nur Schafe», antwortete Marbach nicht weniger herb. Er begab sich zurück zum kleinen Grote, den er – zum Schaden der geschäftlichen Buchführung – in tiefem Grübeln über Aussehen, Farbe, Goldgehalt und Inschrift der Ringe fand.

«Wenn es dir schnuppe ist, was sie kosten», erklärte Marbach, «ist doch alles in Butter, mein lieber, kleiner Großer! Dann nimmst du einfach die teuersten. Das Teuerste ist immer das beste!»

«Auf das Geld kommt es mir hierbei wirklich nicht an», sagte der kleine Grote und setzte leise verschämt hinzu: «Ich weiß nicht, ob du es weißt: Ich bin doch Hausbesitzer!»

«Was bist du?» fragte Marbach und sah seinen Kollegen so verblüfft an, als sähe er einen Abgrund sich in einem blumigen Wiesental öffnen.

«Ja, Hausbesitzer. Noch von meinem Vater her. Mein Vater war doch Lehrer.» Gerhard Grote war selbst bestürzt von der Wirkung seiner Eröffnung. Er setzte entschuldigend hinzu: «Es ist nur ein kleines Haus, Marbach, fünf Wohnungen und ein Laden, Kolonialwaren, verstehst du?»

«Das ist doch allerhand!» sagte Marbach noch immer überwältigt. «Und davon hast du uns nie ein Wort gesagt! Du bist doch der verkrochenste Angeber, den ich kenne! Ein richtiggehender Minusangeber bist du! Und ich habe immer gedacht, du lebst wie wir alle von deinem Gehalt!»

«Das tu ich auch, Marbach! Ich lege sogar noch vom Gehalt was zurück!»

«Aber warum denn? Sag doch um Gottes willen, warum?» Und Marbach starrte den kleinen Grote mit weit aufgerissenen Augen an. «Du könntest doch leben wie die Made im Speck!»

«Warum? Warum ich so spare?» fragte Grote und wußte es im ersten Augenblick selber nicht. Dann aber hatte er eine Erleuchtung. «Aber doch wegen Rosa Täfelein, Marbach! Damit ich ihr schöne Ringe kaufen und damit ich ihr schöne Sachen schenken kann, damit wir uns fein einrichten können – darum doch!»

«Ach so!» sagte Marbach und berichtigte sich etwas. «Du hast erst in letzter Zeit zu sparen angefangen! Ja, das ist etwas anderes!»

«Nein, ich habe immer schon gespart, Marbach, immer und immer!» erklärte Gerhard Grote.

«Aber da hast du die Rosa doch noch gar nicht gekannt! Oder?»

«Nein, da habe ich sie noch nicht gekannt.»

«Aber du sagst doch, du hast für sie gespart, um ihr was schenken zu können!» rief Marbach verzweifelt aus.

«Ja – und das ist auch wahr!» sagte der kleine Grote feierlich, und seine spärliche Gestalt wuchs, so ganz erfüllte ihn ein Gefühl des Stolzes. «Denn ich habe immer gewußt, daß so etwas kommen würde wie Rosa Täfelein, nicht richtig gewußt, verstehst du, Marbach, aber hier drinnen habe ich es gewußt, immer und immer!»

Und er klopfte sich auf seine schmale Brust, in der unteren Gegend des Selbstbinders, anatomisch nicht ganz richtig, aber völlig verständlich.

«Nudelbrett!» sagte Marbach und sah seinen kleinen Kollegen fast ehrfürchtig an. «Du bist doch die verrückteste Nudel vom ganzen Nudelbrett, Grote! Aber das muß ich sagen: Wenn jemand sein Glück verdient und wenn ich jemand sein Glück gönne, dann bist du es, Grote! Aber das sage ich dir: Zu dem Ringekaufen heute abend nimmst du mich mit, sonst hängen sie dir allen Scheuer und Greuel von der Welt auf – Scha... Lamm, das du bist!»

Und nun redeten sie von beiden Seiten im Goldwarengeschäft auf den kleinen Grote ein: Der Inhaber wollte ihm schmale, matte Goldringe, mit einer schönen Perle besetzt, verkaufen, und Marbach empfahl ihm Ringe mit einem Brillanten. Grote aber hörte kaum auf die beiden, sondern sah nur zwei sehr breite, dicke, glänzende gelbe Goldringe und versuchte sich zu erinnern, wo er solche Ringe schon gesehen hatte.

«Aber das ist doch nichts für einen Herrn wie Sie!» rief der Goldschmied verzweifelt. «Das sind ganz unmoderne Ringe, die führe ich nur noch für meine Landkundschaft! Das sind doch Ringe wie Gardinenringe!»

«Wie Gardinenringe!» sagte Gerhard Grote beistimmend, griff in die Tasche seines Jacketts, brachte die breiten messingenen Portierenringe hervor und hielt sie gegen die ländlichen Trauringe. Die sahen sofort ganz klein, ja, fast zierlich dagegen aus. «Die möchte ich doch lieber nehmen», sagte er, und wieder versuchte er sich zu erinnern, wo er solche Ringe schon gesehen hatte.

«Aber Sie haben doch kleine, zierliche Hände», meinte der Goldschmied wieder. «Wie sehen denn darauf so plumpe Ringe aus! Wenn Sie einmal versuchen wollen...»

Und schob ihm den Ring auf den Finger, und sofort sah der

Ring wieder viel zu breit und zu plump aus. Aber Gerhard Grote sah ganz zufrieden darauf, und plötzlich fiel ihm ein, wo er solche Ringe schon gesehen hatte. «Sehr schön», flüsterte er. Und gleich fiel ihm noch etwas ein, noch etwas hatte er ganz vergessen.

«Nein! Nein!» rief er plötzlich ganz aufgeregt, streifte den Ring vom Finger und legte ihn sanft auf das Samttablett zurück. «Nein! Nein! Ich brauche ja gar keine Ringe! Entschuldigen Sie vielmals die Mühe, die ich Ihnen gemacht habe! Entschuldige bitte auch du, Marbach, es war ein Irrtum mit den Ringen!»

Damit hatte Gerhard Grote mit unbegreiflicher Schnelligkeit seinen Hut ergriffen und war aus dem Laden verschwunden, die beiden hatten nicht einmal halt sagen können.

Der Goldschmied sah den Marbach ernst an, dann tippte er sich gegen die Stirn. «Stimmt?» fragte er.

«Jetzt glaube ich es fast selber!» sagte Marbach zustimmend. «Heiliger Kanonikus, so schlimm hatte ich es mir nicht vorgestellt, Schäfer zu sein!»

Mit derselben unbegreiflichen Geschwindigkeit war der kleine Grote nach Haus gestürzt, hatte nicht auf den mahnenden Ruf der Frau Witt gehört, die ihn zum Kartoffelpfannkuchen rief, die sonst verbrutzelten, hatte in seinem Schreibtisch gewühlt und aus seiner hintersten Ecke einen mit Marmorpapier beklebten Karton hervorgezogen.

Denn als er den breiten Goldreif auf seinem Finger gesehen hatte, da war ihm eine zierliche, aber vollere weiße Hand eingefallen, die auch solchen Ring getragen hatte. Und es war die Hand seiner Mutter gewesen, an die er so plötzlich hatte denken müssen, diese Hand, die ihm wie ein freundlicher Gruß aus Kindertagen zuwinkte.

Als er aber an diese Mutterhand gedacht hatte, war ihm wieder eingefallen, daß er ja gar keine Ringe kaufen mußte, sondern daß die Ringe seiner Eltern bei ihm daheim in einem

Kästchen verwahrt lagen, diese Ringe, die seine Eltern in einer glücklichen Ehe getragen hatten.

Nun hielt er das Kästchen, hob den Deckel ab, und zwischen dem vertrockneten Myrtenkranz der Mutter, in den Falten ihres Brautschleiers, lagen in einem noch kleineren Kästchen die beiden Ringe.

Er nahm sich gar keine Zeit, sie länger anzusehen. Er klemmte sich den marmorierten Kasten mit Myrte, Schleier und Ring unter den Arm und lief von der Frau Witt, von den Kartoffelpfannkuchen fort – trab, trab zur Bahn.

Der kleine Grote wird ein Mann

Der kleine Grote hatte es sich so schön gedacht, an das Bett seines lieben, genesenden Mädchens zu treten, die mit Marmorpapier beklebte Schachtel zu öffnen und ihr zu sagen:

‹Sieh, dies habe ich dir mitgebracht!›

Aber nichts war es mit alledem, sondern er fand eine sehr kranke Rosa mit zwei verstrittenen Eltern, und selbst der kleine Bruder stand mit verdrossener Miene im Höfchen und mochte nichts tun, als verdrossen zu sein. Mit sturer Hartnäckigkeit verweigerte Herr Täfelein seiner sanften Frau die Erlaubnis, einen Arzt zu rufen, hoffte weiter auf die Heilwirkung seiner Tees, die er in immer neuen Mischungen zusammenstellte, und begrüßte den jungen Grote mit den recht hämisch gesprochenen Worten: «Und wenn meine Frau zehn wie Sie ruft und Ihre Firma zwanzig wie Sie schickt: Ihren Krankenschein bekommen Sie doch nicht, und einen Arzt lasse ich auch nicht ins Haus!»

«Es geht Rosa – es geht Ihrer Tochter schlechter?» fragte Gerhard Grote und hatte so schnell verstanden wie noch nie.

«Es geht meiner Tochter, es geht Rosa noch nicht besser», sagte Herr Täfelein grämlich. «Wollen Sie Rosa sehen?»

«Wenn Sie erlauben, möchte ich es sehr gerne», gestand Gerhard Grote.

«Dann müssen Sie mir erst zeigen, was Sie in der Schachtel haben», verlangte der Vater argwöhnisch. «Sie wollen doch nicht etwa solche Teufelsmedizin einschmuggeln?»

Wortlos öffnete der kleine Grote die Schachtel, wortlos sah

der zerknitterte Täfelein auf die vertrockneten Myrten, den angestaubten Brautschleier und die breiten Trauringe.

«Von meinen Eltern!» sagte Gerhard Grote schließlich.

«Sie sind ein guter Kerl!» sagte der alte Täfelein. «Und wenn Sie nicht gerade zuerst wegen des Krankenscheins gekommen wären und mich so böse angelogen hätten, würde ich nie ein böses Wort gesagt haben. Aber», meinte er, und sein Mitteilungsbedürfnis überwältigte ihn plötzlich, «aber mit meiner Frau sind plötzlich die Pferde durchgegangen. Seit fünfundzwanzig Jahren habe ich fast jede Krankheit in unserem Hause mit Tee kuriert, und plötzlich schreit sie nach einem Arzt und fängt Streit mit mir an!»

«Aber alle Krankheiten kann man doch nicht mit Tee kurieren», sagte Grote vorsichtig.

«Alle!» behauptete Herr Täfelein mit Entschiedenheit. «Es gibt keine Krankheit, für die Mutter Natur nicht ein Kraut wachsen ließe!»

«Aber wenn nun einer ein Bein bricht?»

«Wenn einer ein Bein bricht, das ist keine Krankheit, das ist ein Unglück!» belehrte ihn Herr Täfelein.

«Und wenn einer – wenn ich, sagen wir zum Beispiel...» Gerhard Grote fiel aber kein Beispiel ein.

«Sehen Sie, Sie wissen es auch nicht!» sagte Herr Täfelein triumphierend. «Es gibt nichts! Und nun gehen Sie zu Rosa», setzte er, milde durch den Sieg, hinzu, «und lassen Sie sich nicht von meiner Frau dummschwätzen. Wenn Sie versuchen, einen Doktor zu holen, sind wir geschiedene Leute – für immer!»

Damit drehte sich Herr Täfelein um und ging in die Küche; er wollte wieder einmal eine blaugepunktete Kanne füllen – wieder anders, aber diesmal bestimmt wirkungsvoll.

Das jetzt so rote, blasse Mädchen hob kaum den Kopf aus dem Kissen, als Gerhard Grote ins Zimmer trat, es sagte nur: «Das ist hübsch, daß du kommst, liebster Gerd!» Sang dies

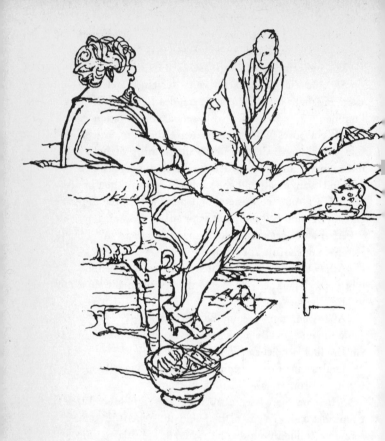

fast und ließ den Kopf wieder sinken, war wieder fort, in den verwachsenen Wäldern des Fiebers.

Aber nun war auch der kleine Grote rot geworden, denn ihre Mutter saß am Bett, und sie hatte ihn ‹Liebster Gerd› genannt! Doch die Mutter hatte es kaum gehört, und wenn sie es doch gehört hatte, war es ihr in all ihren Sorgen entgangen.

Die Frau Täfelein reichte seufzend dem Besucher die Hand, und mit einem zweiten Seufzer sagte sie: «Ja, da sehen

Sie nun, wie sie liegt, Herr Grote, und ich darf keinen Doktor holen! – Haben Sie meinen Mann gesehen?»

«Ja – und mir hat er auch verboten, einen Arzt zu rufen!» antwortete der kleine Grote.

Einen Augenblick sahen die beiden schweigend auf die Fibernde.

Dann meinte Frau Täfelein sachte: «Ich bin seine Frau und muß tun, was er will, sonst habe ich den Unfrieden im Haus. Aber Sie...»

Und sie schwieg voller Bedeutung.

«Mir hat er gesagt, wir wären geschiedene Leute, wenn ich einen Doktor holte», berichtete der kleine Gerhard Grote bedrückt. Dann nahm er seine Schachtel, die er noch immer unter dem Arm gehalten hatte, setzte sie auf die Bettdecke, zeigte der Mutter das Schächtelchen mit den Ringen und erklärte: «Das sind die Ringe meiner Eltern. Ich habe sie ihr mitgebracht – wenn Sie erlauben...»

«Sie sind ein Mann!» antwortete Frau Täfelein mit Nachdruck, sah aber doch aufmerksam zu, wie er der Kranken einen Ring über den Finger schob. – «Er paßt!» rief er erfreut. «Rosa! Fräulein Täfelein, meiner Mutter Ring paßt Ihnen genau!»

«Gerd?» fragte sie und öffnete die Augen nicht. «Was hast du da? Komm, laß mir deine Hand, sie ist so schön kühl.» Und sie nahm seine Hand zwischen ihre beiden.

«Was nützt das alles?» fragte die Mutter klagend. «Sie braucht keine Ringe, sie braucht einen Arzt!» Und schwieg wieder. Nun schwiegen sie alle drei. Gerhard Grote, der sich nicht auf den Bettrand zu setzen wagte, stand in einer recht mühseligen, gebückten Haltung da, seine Hand zwischen ihre beiden. Und weil er für die zweite Hand keine Verwendung hatte, legte er sie nach einem schüchternen Seitenblick auf die stumm Strümpfe stopfende Mutter der Kranken auf die Stirn.

Nach einer langen Weile sagte die Mutter, aber zu niemandem besonders, nur so vor sich hin: «Der Doktor Laabsch wohnt in der Bahnhofstraße, gleich neben der Apotheke. Der ist nicht nur unser bester Arzt, sondern auch der gröbste. Wenn den einer riefe...»

Und wieder herrschte Schweigen.

Der gebückte kleine Grote wußte nur zu wohl, was die Mutter von ihm wollte, und erinnerte sich nur zu gut der Drohung des Vaters. Und sein Herz schwankte, und er war mutlos. Aber vorläufig brauchte er keinen Entschluß zu fassen. Er mußte nur so stehen, die Hände bei ihr, und die Hitze des Fiebers erwärmte seine Hand, und Gedanken stiegen in ihm auf, halbe Erinnerungen, etwa an ein brennendes Haus, aus dem er die Mieder gerettet hatte. Und wie er einmal vor vielen Menschen behauptete, sie seien verlobt, und waren es doch nicht gewesen!

Wirklichkeit und Traum verwoben sich, und plötzlich sah er ganz dicht vor sich die Arme seines lieben Mädchens. Sie waren nie sehr kräftig gewesen, die Arme, obgleich sie den ganzen lieben Tag mit schweren Samtballen hatten hantieren müssen, aber jetzt sahen sie ganz besonders zerbrechlich und dünn aus. Und Gerhard Grote dachte an die eigenen Arme, die auch nicht sehr kräftig waren, aber doch viel, viel kräftiger als diese Kinderärmchen. Und wenn ihr beider Leben so würde, wie er hoffte – und das sollte es doch! –, mußten seine Arme für die ihren Lasten tragen, Hindernisse fort räumen, den Lebensweg, wie man so sagt, glattmachen.

Einen Augenblick war er wirklich in der Versuchung, die Rosa aus dem Bett zu heben und fortzutragen, dem Dr. Laabsch in der Bahnhofstraße direkt hinzutragen. Da erklang das silberne Klingeln eines Löffels gegen eine Teetasse, auf ging die Tür und ein trat mit der blaugepunkteten Teekanne der Herr Reinhold Täfelein. «Da bringe ich aber einen Tee, der bestimmt hilft!» sagte er ein wenig laut. «Mutter, Rosa – jetzt wird alles ganz rasch in Ordnung kommen!»

«Sei doch ein bißchen leiser, Vater!» mahnte Frau Täfelein. «Sie schläft!» Und mit einem kummervollen Seufzer setzte sie noch hinzu: «Ach, Vater! Ach, Herr Grote! Ach, ihr Männer!»

Gerhard Grote hatte sanft der Rosa seine Hände fortgezogen und sah nun von der Mutter zum Vater, dann zum Mädchen, das nicht so sehr schlief, als daß es vom Fieber benommen war. Plötzlich kam ihm alles ganz leicht und einfach vor. «Herr Täfelein», sagte er. «Wir werden geschiedene Leute sein, wie Sie sagen, aber einen Arzt hole ich jetzt doch!» Herr Täfelein war von diesem gar nicht einmal laut vorgetragenen Entschluß so erschüttert, daß Tasse und Löffel klirrten, daß der Deckel der Kanne schepperte. «Was sagen Sie?» fragte er atemlos. «Haben Sie sich doch dummschwätzen lassen von meiner Frau?» Je weiter er redete, um so atemloser wurde er, um so lauter klirrte das Tablett. «Aber lassen Sie sich so was einfallen – nie werden Sie die Rosa bekommen, nie, solange ich lebe, nie!»

«Lieber will ich auf die Rosa verzichten, als daß ich sie so krank sein lasse, ohne ihr zu helfen!» sagte Gerhard Grote mit fester Stimme und fand es wirklich ganz leicht, stark und entschlossen zu sein. Er sah den beifälligen und doch überraschten Blick der Frau Täfelein. «Nein», sagte er. «Jetzt gehe ich und hole den Doktor Laabsch.»

Und er warf den Kopf in den Nacken, stolz ging er zur Tür.

«Wenn Sie das tun», rief Herr Täfelein, noch immer das Tablett in den Händen, rief es mehr klagend als zürnend, «dürfen Sie nie mehr in mein Haus! Und ins Geschäft lasse ich die Rosa auch nicht mehr! Aber Sie werden es sich überlegen, Herr Grote», fuhr er überredend fort. «Sehen Sie, ich bin ein nachtragender Mensch, ich würde Ihnen nie verzeihen! Meine Tees sind doch gut, ich habe so viele Anerkennungsschreiben...»

Aber Gerhard Grote, dieser veränderte Gerhard Grote mit

Mut in der Brust, wollte von diesem Geschwätz nichts mehr hören. Da waren diese dünnen Ärmchen und dieser hastig ziehende Atem. «In einer halben Stunde bin ich mit Doktor Laabsch wieder hier», sagte er und ging.

«Bitte nicht Doktor Laabsch!» rief Herr Täfelein ihm noch vorn Treppenbau nach. «Ich lasse Sie nicht ins Haus! Doktor Laabsch ist immer so grob.»

Da schlug Gerhard Grote die Haustür zu, schlug sie zu, wie ein richtiger Mann sie zuschlägt, wenn er böse ist, nämlich mit einem Knall! Aufatmend stand er auf der Straße, sah zurück auf das kleine Siedlungshaus, trocknete sich den Schweiß von der Stirn, denn ihm war warm geworden von dem Kampf. Ja, er hatte richtig gekämpft wie ein Mann, der lange Marbach hätte es nicht besser machen können, und er war so leicht gewesen, dieser Kampf! Plötzlich hatte er entdeckt, daß es viel leichter war, zu kämpfen, als sich schweigend zu fügen und hinterher lange einen Groll – gegen sich selbst! – in der Brust zu tragen. Er hörte den Schlüssel knacken im Türschloß, nun sicherte wohl Herr Täfelein das Haus gegen ihn und den Doktor Laabsch. Aber oben aus dem Giebelfenster lehnte auch schon Frau Täfelein und rief halblaut zu ihm herunter: «Keine Angst, Herr Grote, ich werde schon sorgen, daß Sie ins Haus kommen!»

Wieder knackte der Türschlüssel. Aus dem Haus fuhr Herr Täfelein und rief nach oben: «Er wird nicht ins Haus kommen, das sage ich dir, Mutter!»

«Doch wird er ins Haus kommen, Vater!» rief Frau Täfelein zurück. Es war schon die richtige offene Rebellion.

«Und wenn er ins Haus kommt, so ist es Hausfriedensbruch, und ich bringe ihn vor Gericht!» rief wieder Herr Täfelein, aber es klang nicht sehr stark.

«Vor dem Gericht aber bin ich Zeugin, daß ich ihn gebeten habe, ins Haus zu kommen!» rief Frau Täfelein. «Gehen Sie zu, Herr Grote, machen Sie nur schnell!»

Gerhard Grote ging, aber noch im Gehen hörte er die Stimme oben und die Stimme unten gegeneinander rufen. Der Ton der Stimmen wurde aus dem Streitbaren immer klagender, sie waren beide traurig ob ihres Zwistes. Auch Streiten muß gelernt sein, die Eltern Täfelein hatten es in einer langen Ehe nie geübt und taten es also nur schlecht und unwillig.

Der Doktor Laabsch saß beim Abendessen und wollte von keinem gestört sein, so sagte das türöffnende Mädchen und schloß die Tür auch gleich wieder. Der kleine Grote konnte kein Wort davon anbringen, daß der Arzt dringend gebraucht wurde. Einen Augenblick stand er überlegend, dann ging er leise statt aus dem Vorgarten um die Villa herum und sah behutsam in jedes ebenerdige Fenster.

Schon durch das dritte, gleich um die Ecke herum, sah er den Doktor sitzen, einen starken, rotgesichtigen Mann, dessen kräftigem Kinn und rundem Kopf viel Starrsinn zuzutrauen war, und auch etliche Grobheiten. Dem Doktor gegenüber am anderen Tischende saß eine lange Frau, und zwischen den beiden saßen auf jeder Seite des Tisches drei Kinder, alles Jungen, sechs Jungen, und alle acht zusammen vollführten einen so fröhlichen, lebhaften Lärm, daß das Männlein unter dem Fenster sich eine lange Zeit nicht bemerkbar machen konnte.

Schließlich rief der Arzt aber doch: «Wollt ihr mal ruhig sein, ihr Rasselbande. Ich glaube, da piept eine Maus!» Und alle Gesichter wandten sich, plötzlich verstummt. dem Fenster zu.

«Ich bitte vielmals um Entschuldigung», fing der kleine Grote höflich an. «Aber...»

«Und wenn Sie noch zehnmal um Entschuldigung bitten, Sie Mäuserich», schrie der Doktor mit furchtbarer Stimme, «werde ich Ihnen nie erlauben, in meinen Rosen zu stehen!

Wollen Sie wohl machen, daß Sie aus meinen Polyantharosen kommen, Sie jämmerlicher Zwerg, Sie!»

«Es ist ein sehr dringender Fall!» versicherte Herr Grote. «Ich würde mir sonst nie erlaubt haben... Die Wahrheit ist, ihr Vater...»

«Und ob es ein dringender Fall ist!» brüllte der Doktor wieder. «Daß Sie nämlich aus meinen Rosen kommen! Die Wahrheit ist, wenn Sie nicht in einer Minute verschwunden sind, werfe ich Ihnen diesen Teller an den Kopf!»

Und er hob drohend das Geschoß, das noch vom Fett der Bratkartoffeln glänzte.

«Sie ist doch so krank!» rief Gerhard Grote beschwörend und wich und wankte nicht. «Und ihr Vater hat mir verboten, einen Arzt zu holen.»

«Das ist ein vernünftiger Mann, dieser Vater! Und jetzt machen Sie, daß Sie aus dem Beet kommen!» Schon wollte der Teller den haltenden Fingern entschlüpfen, da rief Gerhard Grote das Zauberwort:

«Er bringt sie doch noch um mit seinen Tees!»

«Mit seinen Tees!» rief der Arzt und setzte seinen Teller auf den Tisch zurück. «Das muß mein heimlicher Freund sein, der quittengelbe Täfelein! Oder?»

«Doch!» bestätigte der kleine Grote. «Herr Reinhold Täfelein ist es, und seine Rosa hat die Grippe oder auch eine Lungenentzündung, und er hat das Haus abgeschlossen, damit Sie nicht hineinkommen!»

«Das wäre doch gelacht!» sagte der Arzt. «Das Haus muß erst gebaut werden, in das der Doktor Laabsch nicht hineinkommt! Also der Täfelein – der pfuscht mir schon viel zu lange mit seinen Tees in meiner Praxis herum! Machen Sie es sich nur bequem in meinen Rosen. Sie mutiger Jüngling: Wollen Sie ein Butterbrot und ein Glas Tee? Rudolf, gib dem jungen Mann eine Scheibe mit Wurst, ich glaube, er wiegt nicht mehr als du mit deinen dreizehn Jahren!»

Und es half dem kleinen Grote alles nichts, er mußte, im stacheligen Rosenbeet stehend, auf dem Fensterbrett ein Abendbrot essen und wurde dabei von der ganzen Familie ausgefragt, nach Name, Beruf, Alter, Körpergewicht, Einkommen, Aussichten und Einsichten und vor allem nach den Täfeleins, über die er doch selbst so wenig wußte! Und alle seine Antworten schienen eine Quelle unerschöpflicher Heiterkeit für die Laabschens. Dieser kleine, beherzte Mann mit seinen höflichen Manieren kam ihnen zu spaßig vor, und es störte ihn ganz und gar nicht, daß sie über ihn lachten. Denn er hatte viel erreicht an diesem Abend, nicht nur gegen Herrn

Täfelein und nicht nur bei Herrn Laabsch, sondern bei sich, vor allem bei sich hatte er viel erreicht.

Darum nahm er es auch gar nicht schwer, daß Herr Täfelein den Arzt ganz überraschend klein und höflich ins Haus ließ, ihm aber gallig zuflüsterte: «Sie machen, daß Sie auf der Stelle aus meinem Haus kommen! Ich hab's Ihnen gesagt, ich bin nachtragend, und ich werde Ihnen dies nie verzeihen!»

Und der kleine Grote wartete geduldig vor dem Haus, bis der Doktor Laabsch erschien.

«Na, Sie mutiger Seladon?» fragte der. «Das Papachen grollt wohl noch. Na, machen Sie sich nichts daraus; es war sehr richtig, daß Sie mich geholt haben! Es ist eine kleine Lungenentzündung, ich schicke gleich einen Wagen, der Ihre Spätzin noch heute abend ins Krankenhaus bringt! – Nun, sehen Sie mich nicht so an, so schlimm ist es nun wieder nicht! Jede andere würde ich im Haus lassen – aber bei dem Vater! Er täte, mir rein zum Trotz, von allem, was ich anordnete, das Gegenteil. Kommen Sie, steigen Sie nur in mein Autochen, ich nehme Sie noch bis zum Bahnhof mit. Ins Haus kommen Sie jetzt doch nicht! – Munter, munter, junger Mann, Sie werden doch jetzt keine Schlappohren machen nachdem Sie so tollkühn meine Rosen zertrampelt haben! Bedenken Sie, im Krankenhaus können Sie Ihr Mädchen besuchen, während hier – sehen Sie, da lächeln Sie schon! Es hat alles seine zwei Seiten, sprach der Fuchs, da ließ er dem Bauern von der Gans nur Federn.»

Die erzwungene Heirat

Der grobe Doktor Laabsch, der doch gar nicht grob gewesen war, hatte es gut gemeint mit seinem Trost, der kleine Grote werde sein Mädchen eher im Krankenhaus besuchen können als im Heim des zürnenden Vaters. Aber hatte nicht mit den Besuchsstunden im Krankenhaus und der Dienstzeit bei der Firma Brummer & Co. gerechnet. Es erwies sich, daß der Damenputz seinen Buchhalter gerade dann unumgänglich brauchte, wenn die Pforten des Krankenhauses seinen Besuchern geöffnet waren. Als aber der Sonntag gekommen war – und am Sonntag hatte ja auch der kleine Grote frei – und er mit einem gewaltigen Rosenstrauß und einer Tüte Apfelsinen an das Bett der Kranken trat, da saß an diesem Bett schon Vater Täfelein, hielt die Hand der Tochter schon zwischen den seinen und tat ganz so, als habe er einen Gerhard Grote noch nie in seinem Leben gesehen.

Viele Besucher waren im Saal, an jedem Bett saßen sie, da war es nicht der richtige Ort und nicht die rechte Zeit, einen neuen Kampf mit dem Vater auszufechten, ganz abgesehen davon, daß die Rosa matt und blaß in ihrem Kissen lag und darum wirklich nicht mit Streitereien behelligt werden durfte. So stand der kleine Grote nur am Fußende des Bettes, warf sehnsüchtige Blicke auf seine Liebste, und wenn er einmal ein Wort wagte, wie sehr sie von allen in der Firma vermißt würde oder daß die jüngere Pechöse jetzt das Samtlager verwalte, so redete Herr Täfelein mit einer quäkigen Stimme rasch etwas dazwischen, und er bekam nur ein sanftes Lächeln von Rosa. Das war schön, aber es war doch nicht genug.

Als aber die Stationsschwester das Ende der Besuchszeit ausrief und einer nach dem andern den Saal verließ, da lehnte sich Herr Täfelein in seinen Stuhl zurück, hielt die beiden Hände seiner Tochter fest und sah den Gerhard Grote so triumphierend an, daß er wohl verstand, der Vater werde jeden freundlichen Abschied unter allen Umständen vereiteln. Da legte Gerhard Grote die Rosen mit den Apfelsinen still auf die Bettdecke, sagte: «Auf Wiedersehen und gute Besserung!», hörte ein leise gemurmeltes Wort und ging.

Vor dem Tor des Krankenhauses wartete er dann, bis Herr Täfelein erschien, und Herr Täfelein trug in der Hand den Rosenstrauch, in der anderen aber die Tüte mit Apfelsinen und wurde doch ein bißchen verlegen, als er da seinen verstoßenen Schwiegersohn sah.

Er straffte sich aber gleich wieder und wollte mit einem fremden Gesicht eilig vorüber.

Gerhard Grote trat ihm in den Weg und sagte bittend: «Wollen wir nicht Frieden schließen, Herr Täfelein?»

«Was wollen Sie denn von mir? Ich kenne Sie überhaupt nicht!» rief Herr Täfelein und ging weiter.

Aber Grote hielt sich neben ihm und sagte wieder: «Warum sind Sie mir denn so böse? Wenn ich zu grob zu Ihnen war, bitte ich um Verzeihung. – Aber daß Rosa nun doch im Krankenhaus am besten aufgehoben ist, das sehen Sie doch auch!»

«Das mag alles sein, wie es will», antwortete Herr Täfelein und hatte es aufgegeben, den Grote überhaupt nicht zu kennen. «Aber ich habe Ihnen gleich gesagt, daß ich ein nachtragender Mensch bin! Ich will keinen Schwiegersohn, der nicht tut, was ich will!»

«Ich will ja jetzt auch tun, was Sie wollen, Herr Täfelein», meinte Gerhard Grote ein wenig voreilig. Aber er hätte eben gar zu gerne seinen Frieden mit dem alten Teekocher gemacht.

«Wollen Sie das wirklich?» rief Herr Täfelein eifrig. «Geben Sie mir darauf Ihr Wort!»

«Ja, natürlich – das heißt – ich meine – in vernünftigen Grenzen...»

«Schnickschnack!» sagte der Vater. «Sie haben mir Ihr Wort gegeben, und nun will ich, daß Sie die Rosa für nun und immer aufgeben und daß Sie mir nie mehr vor Augen kommen und meine Familie auch nicht mehr belästigen! Hier haben Sie Ihre Rosen und Ihre Tüte, ich will mich nicht an Ihnen bereichern!»

«Hören Sie, Herr Täfelein!» rief Gerhard Grote und war plötzlich zu seinem eigenen Erstaunen so zornig, wie er in seinem ganzen Leben noch nicht zornig gewesen war. «Wenn Sie dumm und dickköpfig sein wollen, so seien Sie es! Ich sage Ihnen, ich werde die Rosa doch heiraten, und bis dahin werde ich Ihnen so lästig werden, wie Sie noch gar keine Ahnung haben! Das sage ich Ihnen, verstehen Sie?»

«So!» sagte Herr Täfelein atemlos. «So!»

Es hatte ihm einen richtigen Stoß versetzt, wie sein sanfter Schwiegersohn sich plötzlich entpuppte. Und ganz überraschend fing er an zu laufen. Die Rosen und Apfelsinen hatte er noch immer. Er hatte sie nicht loswerden können. Aber Gerhard Grotes Zorn war noch ganz frisch, und so lief er ohne Zögern hinter dem Schwiegervater drein.

Mit Hast sprang der Vater durch die Tür, aber ebenso hastig setzte der Schwiegersohn den Fuß davor, so daß der andere die Tür nicht schließen konnte.

«Wollen Sie wohl machen, daß Sie aus meinem Haus fortkommen, oder ich rufe die Polizei!» rief Täfelein grimmig.

«Wollen Sie wohl die Tür aufmachen! Ich habe mit Ihrer Frau zu reden!» rief Gerhard Grote ebenso und drückte mit aller Kraft gegen die Tür.

Die Tür gab nach, und mit Gewalt schoß er ins Haus, am Schwiegervater vorbei, in die Tür des Wohnzimmers hinein, in der die erschrockene Frau Täfelein stand – kaum konnte er vor ihr bremsen. «Ich bitte vielmals um Entschuldigung!» sagte er atemlos. «Aber ich bin nicht schuld, Frau Täfelein...»

«Natürlich ist er schuld!» rief der erboste Vater. «Er belästigt mich, er läuft mir nach, er erzwingt sich Einlaß in mein Haus...»

«Er läßt mich nicht mit Rosa reden! Er nimmt ihr meine Rosen und Apfelsinen weg! Er sagt, ich darf sie nie heiraten...»

Frau Täfelein sah von einem Erhitzten zum andern. Dann sagte sie sanft: «Der Kaffee ist fertig. Wir wollen erst einmal Kaffee trinken. Sie trinken doch eine Tasse mit uns, Herr Grote?»

«Wenn du dem Menschen Kaffee gibst, Mutter, dann werde ich – dann tue ich...» Er wußte nicht weiter. Schließlich sagte er drohend: «Dann trinke ich keinen Kaffee!»

«Vater, mach keine Geschichten!» sagte Frau Täfelein bittend. «Herr Grote hat uns doch nichts Böses getan! Treten Sie näher, Herr Grote!»

«Dann gehe ich!» schrie Herr Täfelein und rannte aus der Haustür.

Sie sahen ihn die Straße hinabflitzen wie einen Pfeil, unmöglich, ihn in seinem Lauf aufzuhalten.

«Was für ein Mann!» seufzte Frau Täfelein. «Aber er wird sich besinnen. Sicher läuft er jetzt in den Wald, und wenn er erst ein paar Kräuter sieht, beruhigt er sich. Darum wollen wir jetzt doch unseren Kaffee trinken!»

Das taten sie, und Schwiegermutter und Schwiegersohn kamen dabei vorzüglich miteinander aus. Der kleine Grote taute sichtlich auf. Er erzählte von seinen verstorbenen Eltern und von dem Haus, das er besaß, und von seinem kleinen Vermögen und wie er ihre zukünftige Wohnung einrichten wollte – alles Dinge, die Rosa Täfelein sehr, sehr interessiert hätten, von denen sie aber noch nie ein Wort gehört hatte. Darüber vergaßen sie den zürnenden Vater und alle Zeit, bis sich Männe meldete und sein Abendbrot verlangte. Nun wollte Gerhard Grote gehen, aber er mußte noch bleiben. Der Vater würde sich jetzt im Wald schon besonnen haben und friedlich heimkehren. So blieb Gerhard Grote und half beim Zubettbringen des Jungen und trieb solchen Unsinn mit ihm, daß die drei nicht aus dem Lachen kamen. Schließlich aber, als Männe im Bett lag – und es wurde ihm zum allerletztenmal gute Nacht gesagt –, fragte er hoffnungsvoll: «Nicht wahr, du bleibst jetzt immer hier? Du kannst so famosen Quatsch machen, viel besser noch als die Rosa!»

Da waren die beiden anderen eine Weile still, dann sagte Frau Täfelein mit Bedeutung: «Ja, Männe, vielleicht bleibt Herr Grote jetzt eine Weile bei uns!» Und dem kleinen Grote stockte vor freudiger Überraschung fast der Herzschlag.

Der Vater war noch immer im Wald und grollte, die beiden aßen ein friedliches Abendbrot, und Frau Täfelein redete ihrem zukünftigen Schwiegersohn zu, wirklich für ein Weilchen ins Haus zu ziehen, damit der Vater sich an ihn gewöhne und einsehe, daß da nichts mit Grollen und Nachtragen zu machen sei. Gerhard Grote aber war schon so sehr Mann geworden, daß er nur ein ganz weniges von Stören und Lästigfallen redete und sehr schnell nachgab. Er würde in Rosas leeres Zimmer ziehen, und wer weiß, wie sehr der Gedanke, dort zu wohnen, wo sie aufgewachsen war, bei seinem mutigen Entschluß den Ausschlag gab.

Die beiden waren gerade dabei, Rosas Bett frisch zu beziehen, und über einem Stuhl hing ein Nachthemd von Herrn Täfelein, und unter dem Stuhl standen Rosas blaue Pantöffelchen, da stand Herr Täfelein wie ein Geist in der Tür und fragte mit ganz schwacher Stimme: «Was soll denn das bedeuten, Mutter?»

«Das soll bedeuten, Vater», antwortete Frau Täfelein sanft, «daß Herr Grote eine Weile als Gast in unserem Haus bleibt, damit wir ihn recht gut kennenlernen, ehe er unser Schwiegersohn wird.»

«*Mein* Schwiegersohn wird er nie! Nie!» sagte Herr Täfelein, aber es klang schwach, denn er war noch sehr mitgenommen von der Erschütterung eben.

«Dein Abendessen steht unten bereit, Vater», sagte Frau Täfelein, «und der Tee steht unter der Kaffeemütze. Wir kommen gleich runter und leisten dir ein bißchen Gesellschaft.»

Einen Augenblick wartete Herr Täfelein noch stumm auf der Schwelle des Zimmers, dann ging er – leise wie ein Geist. Aber gleich erhob sich unten ein Gepolter, und als sie dorthin eilten, war Herr Täfelein dabei, seine Bettstatt auseinanderzunehmen, denn er wollte nun auch allein für sich schlafen, weil er nämlich seiner Frau grollte. Weil aber kein freier Schlafraum mehr im Häuschen war, so trug er die Bettstücke in seinen Kräuterschuppen, der auf der anderen Seite des Höfchens stand. Frau Täfelein redete erst im Guten und schalt dann, so gut oder schlecht sie es eben konnte – es half alles nichts. Herr Täfelein war stumm wie ein Fisch geworden.

Da wäre Gerhard Grote am liebsten wieder zu seiner Frau Witt zurückgekehrt, aber er sah ja ein, daß die Schwiegermutter recht hatte, daß er jetzt nicht mehr nachgeben konnte, der Herr Täfelein war dran mit dem Besinnen.

Am meisten aber steifte es Gerhard Grotes Nacken, daß er am übernächsten Tag vor Fräulein Mieder und den Seniorchef gerufen wurde. Denn es war ein Brief des Herrn Täfelein bei der Firma eingelaufen, in dem er nicht nur die Stellung seiner Tochter im Hause Brummer mit sofortiger Wirkung aufsagte, sondern auch mit scharfen Worten Klage über das freche, aufdringliche Verhalten des Angestellten Grote führte.

Gerhard Grote überraschte seine Chefs dadurch, daß er, kaum ein bißchen verlegen und mit fast ganz fester Stimme, erklärte: Ja, er habe noch kleine Differenzen mit seinem Schwiegervater, aber die ganze übrige Familie sei für ihn, und so würde sich die Sache bald einrenken. Im übrigen seien dies reine Privatsachen, denn daß er ein frecher oder gar schamloser

Mensch sei, werde doch keiner behaupten können, der ihn auch nur ein wenig kenne. Fräulein Mieder sah bei so entschlossener Sprache ganz erstaunt abwechselnd auf den Seniorchef und den Buchhalter und sagte schließlich nur: «Sie haben sich ja mächtig verändert, Herr Grote – finden Sie nicht?»

«Ja!» antwortete Gerhard Grote. «Und für morgen nachmittag bitte ich um Urlaub. Da will ich meine Braut im Krankenhaus besuchen.»

Wirklich saß er am nächsten Tag an Rosas Bett, nein, *an* Rosas Bett saß Herr Täfelein, *auf* Rosas Bettkante aber saß Gerhard Grote, und wenn der eine redete, schwieg der andere, und es war überhaupt so, als sähen sie einander nicht. Aber Rosa war durch ihre Mutter vorbereitet, und sie tat nun so, als merkte sie von der ganzen Zwistigkeit gar nichts. Mit beiden redete sie gleichmäßig freundlich, und im übrigen ging es ihr schon erstaunlich besser, und sie würde bald wieder nach Haus können.

Ehe sie aber nach Hause kam, ging das große Gewitter nieder, das mit Überschwemmung und Blitzen so vielen Schaden anrichtete. Als die blauschwarze Wand sich immer höher und höher am Himmel erhob und schließlich das Sonnenlicht fast auslöschte, war Gerhard Grote mit dem kleinen Männe allein im Haus.

Mutter Täfelein war in die Stadt auf Besorgungen gefahren, und der Vater war im Wald auf Kräutersuche. Im Hof aber hingen an den Trockengerüsten viele, viele Bündel mit Kräutern, lagen auf Gestellen – die ganze Frühjahrs- und Frühsommerausbeute des fleißigen Täfelein, die in diesem Jahr nicht wieder zu ersetzen war.

Da liefen die beiden und schleppten und stopften alles in den Trockenschuppen, und weil der übervoll wurde, nahmen sie das väterliche Bett und setzten es wieder zurück an die Seite des mütterlichen. Und all das brachten sie fertig, ehe noch die ersten Tropfen fielen, ehe noch der Himmel seine Schleusen öffnete!

Klatschnaß kam Frau Täfelein aus Berlin zurück, aber ihr erster Blick galt doch Vaters Kräutern. Und triefend kam Herr Täfelein aus dem Wald, und seine spärliche Brust hob sich von einem erleichterten Seufzer, als er seine Kräuterernte geborgen sah. An diesem Abend aber sprach der Schwiegervater zum erstenmal wieder zu seinem Schwiegersohn. Es war aber dieser bemerkenswerte Satz: «Würden Sie mir wohl die Butter reichen, Herr Grote?»

Und die Antwort war ebenso bemerkenswert: «Bitte sehr, Herr Täfelein!»

Draußen regnete es, was vom Himmel wollte, es wäre wirklich ein Unsinn gewesen, jetzt ein Bett in den überfüllten Schuppen zurückzutragen. Herr Täfelein tat auch nichts dergleichen, sondern bestieg das Bett zu seiten seiner Frau, als hätte es nie eine Trennung gegeben. Genauso tat Frau Täfelein.

Der Ober des Rheinsberger Hotels sah zweifelnd auf das junge Paar, das sehr junge Paar, dann auf den Meldezettel, dann wieder auf das Paar. Er rückte an seiner Brille, räusperte sich und sprach: «Entschuldigen Sie – aber Sie sind doch richtig verheiratet?»

«Natürlich! Längst!» antwortete Gerhard Grote, konnte aber nicht verhindern, daß er rot wurde. Rosa begleitete ihn dabei.

«Na schön!» sagte der Ober, noch immer recht zweifelhaft. «Wir sind nämlich ein solides Haus.»

«Und welches Zimmer haben wir?» fragte Gerhard Grote, der gerne schnell dem Prüfblick entgangen wäre.

«Nummer 6 im ersten Stock.»

«Also, wir gehen dann gleich hinauf. – Es ist Ihnen doch recht so, Fräulein Täfelein – ich meine Rosa, ich will sagen...»

«Nein, nein!» erklärte gewichtig der Ober und wischte den Namen Grote von dem schwarzen Gästebrett. «Ich möchte die Herrschaften doch bitten, lieber ein anderes Hotel aufzusuchen.»

«Aber wir sind doch wirklich verheiratet!» rief Gerhard Grote verzweifelt. «Ich kann Ihnen unseren Trauschein zeigen!»

Und er reichte ihn dem Ober.

«Ach so!» sagte der nach genauer Lektüre. «Sie sind seit

heute früh erst verheiratet! Ich bitte um Verzeihung. Den herzlichsten Glückwunsch des Hauses!» Und mit Schwung setzte er den Namen Grote wieder auf die Tafel.

«So geht es nicht weiter mit uns, Fräulein Täfelein», sprach Gerhard Grote in Zimmer 6 zu seiner jungen Ehefrau. «Wir blamieren uns vor aller Welt. Wir müssen es endlich lernen, uns wie echte Eheleute zu benehmen!»

«Es ist furchtbar schwer!» klagte sie. «Und Sie haben eben auch schon wieder Fräulein zu mir gesagt!»

«Und Sie Sie!»

«Sie doch eben auch wieder!»

«Und – du auch!»

Sie sahen sich in die erhitzten Gesichter.

«Rosa», sprach er dann und faßte sie vorsichtig bei der Hand. «Ich mache dir einen Vorschlag. Jedesmal, wenn ich dich Sie nenne oder Fräulein Täfelein, muß ich dir einen Kuß geben, und umgekehrt mußt du mich küssen.»

Sie hatte die Augen gesenkt und antwortete nicht. Er beobachtete sie, unruhig, ob er nicht zu stürmisch vorgegangen sei.

«Es war ja nur ein Vorschlag, Fräulein Täfelein!» sagte er beruhigend.

«Ja», sagte sie. «Ich nehme ihn an.»

«Fräulein Täfelein!» rief er begeistert. «Sie sind großartig!»

«Sie haben eben zweimal Fräulein Täfelein und einmal Sie zu mir gesagt, Herr Grote!»

«Und Sie Sie – du, Sie, meine ich, und Herr Grote!»

Ihre Augen lächelten, als sie sich ansahen.

«Ich fange mit Schuldenbezahlen an!» rief er mutig, und willig legte sie ihre Arme um seinen Nacken.

Nach einer recht langen Zeit, in der ziemlich viel Schulden abgetragen werden konnten, sagte er übermütig: «Ich weiß nicht, ob wir's gerade so lernen, Rosa. Ich bin immer in Versuchung, Sie zu dir zu sagen, bloß deswegen. Aber lernen müssen wir's. Weißt du noch, Marbach hat uns die beiden Lämmchen getauft; es wäre doch schlimm, wenn aus den Lämmchen alte Schafe werden würden.»

«Wir lernen es bestimmt», erklärte sie, und das junge Blut schimmerte durch ihre elfenbeinfarbenen Wangen. «Du kannst ganz sicher sein, wir lernen's. Ich meine, Sie lernen es, Herr Grote, Grote, Grote, Grote – hast du gezählt, war es genug? – Und nun komm, jetzt will ich dir meine Schulden bezahlen!»

«Rosa!»

«Fräulein Täfelein, bitte! Ich möchte gern, daß du immer Schulden bei mir hast!»

Hans Fallada

Das vierte Buch wurde **Hans Falladas** größter Erfolg: 1932 erschien im Ernst Rowohlt Verlag «Kleiner Mann — was nun?» Nach jahrelanger Mittellosigkeit begann eine kurze Zeit des großen Geldes. Ab 1933 wurde es um Hans Fallada einsamer. Während Freunde und Kollegen emigrierten, glaubte er, vor den Nazis, wie er es nannte, einen «Knix» machen zu müssen, um weiterschreiben zu können. Als wollte er der wirklichen Welt entfliehen, schrieb er unermüdlich zahlreiche fesselnde Romane, wunderbare Kinderbücher und zarte Liebesgeschichten. Am 5. Februar 1947 starb Hans Fallada, körperlich zerrüttet, in Berlin.

Kleiner Mann — was nun?
Roman
(rororo 1)

Ein Mann will nach oben *Roman*
(rororo 1316)

Kleiner Mann, Großer Mann — alles vertauscht *Ein heiterer Roman*
(rororo 1244)

Wolf unter Wölfen *Roman*
(rororo 1057)

Der Trinker *Roman*
(rororo 333)

Jeder stirbt für sich allein
Roman
(rororo 671)

Wer einmal aus dem Blechnapf frißt *Roman*
(rororo 54)

Bauern, Bonzen und Bomben
Roman
(rororo 651)

Damals bei uns daheim *Erlebtes, Erfahrenes und Erfundenes*
(rororo 136)

Heute bei uns zu Haus
Erfahrenes und Erfundenes
(rororo 232)

Süßmilch spricht *Ein Abenteuer von Murr und Maxe*
(rororo 5615)

Wir hatten mal ein Kind *Eine Geschichte und Geschichten*
(rororo 4571)

Ein vollständiges Verzeichnis aller Bücher und Taschenbücher von Hans Fallada finden Sie in der Rowohlt Revue – vierteljährlich neu und kostenlos in Ihrer Buchhandlung.

rororo Literatur

Kurt Tucholsky

Kurt Tucholsky, 1890 in Berlin geboren, war einer der bestbekannten, bestgehaßten und bestbezahlten Publizisten der Weimarer Republik. «Tuchos» bissige Satiren, heitere Gedichte, ätzendscharfe Polemiken erschienen unter seinen Pseudonymen Ignaz Wrobel, Peter Panter, Theobald Tiger oder Kaspar Hauser vor allem in der «Weltbühne» – nicht zu vergessen seine zauberhaften Liebesgeschichten Schloß Gripsholm und Rheinsberg. Er haßte die Dumpfheit der deutschen Beamten, Soldaten, Politiker und besonders der deutschen Richter, und litt zugleich an ihr. Immer häufiger fuhr er nach Paris, um sich «von Deutschland auszuruhen», seit 1929 lebte er vornehmlich in Schweden. Die Nazis verbrannten seine Bücher und entzogen ihm die Staatsbürgerschaft. «Die Welt», schrieb Tucholsky, «für die wir gearbeitet haben und der wir angehören, existiert nicht mehr.»
Am 21. Dezember 1935 nahm er sich in Schweden das Leben.

Wenn die Igel in der Abendstunde *Gedichte, Lieder und Chansons*
(rororo 5658)

Deutschland, Deutschland über alles
(rororo 4611)

Sprache ist eine Waffe *Sprachglossen*
(rororo 12490)

Rheinsberg *Ein Bilderbuch für Verliebte und anderes*
(rororo 261)

Panter, Tiger & Co. *Eine Auswahl aus seinen Schriften und Gedichten*
(rororo 131)

Schloß Gripsholm *Eine Sommergeschichte*
(rororo 4)

Die Q-Tagebücher 1934 – 1935
(rororo 5604)

Briefe aus dem Schweigen 1932 –1935
(rororo 5410)

Unser ungelebtes Leben *Briefe an Mary*
(rororo 12752)

rororo Literatur

Ein vollständiges Verzeichnis aller Bücher und Taschenbücher von Kurt Tucholskys finden Sie in der *Rowohlt Revue* – jedes Vierteljahr neu. Kostenlos in Ihrer Buchhandlung.

Fritz J. Raddatz

Zahlreiche literarische Essays sind von **Fritz J. Raddatz**, zweifellos einer der wichtigsten Literaturkritiker unserer Zeit und Herausgeber der Werke Kurt Tucholskys, bereits im Rowohlt Taschenbuch Verlag erschienen. Mit der Erzählung «Kuhauge» gab er sein Debüt als Schriftsteller.

Kuhauge *Erzählung*
(rororo 12550)
«Diese Erzählung ist ein sinnliches Erlebnis, vom ersten bis zum letzten Satz.»
Bonner Generalanzeiger

Geist und Macht *Essays 1*
(rororo sachbuch 8551)

Eros und Tod *Essays 2*
(rororo sachbuch 8550)

Revolte und Melancholie
Essays 3
(rororo sachbuch 8552)

Unterwegs *Literarische Reiseessays*
(rororo sachbuch 9103)

Zur deutschen Literatur der Zeit 1
Traditionen und Tendenzen
(rororo sachbuch 8447)

Zur deutschen Literatur der Zeit 2
Die Nachgeborenen
(rororo sachbuch 8448)

Zur deutschen Literatur der Zeit 3
Eine dritte deutsche Literatur
(rororo sachbuch 8449)

Heine *Ein deutsches Märchen*
(rororo sachbuch 8353)

Karl Marx *Der Mensch und seine Lehre*
(rororo sachbuch 8324)

Der Wolkentrinker *Roman*
(rororo 13054)

Im Rowohlt Verlag sind von Fritz J. Raddatz außerdem lieferbar:

Lügner von Beruf *Auf den Spuren William Faulkners*
128 Seiten. Gebunden.

Die Wirklichkeit der tropischen Mythen *Auf den Spuren von Gabriel García Márquez in Kolumbien*
160 Seiten. Gebunden.

Tucholsky – Ein Pseudonym
Essay
160 Seiten. Gebunden.

Die Abtreibung *Roman*
256 Seiten. Gebunden.

rororo Literatur

Literatur für KopfHörer

Wer nicht lesen will, kann hören - eine Auswahl von Rowohlt's Hörcassetten:

Simone de Beauvoir
Eine gebrochene Frau
Erika Pluhar liest
2 Toncassetten im Schuber
(66012)

Wolfgang Borchert
Erzählungen
Marius Müller-Westernhagen liest
Die Hundeblume. Nachts schlafen die Ratten noch. Die Küchenuhr. Schischyphusch
1 Toncassette im Schuber
(66011)

Albert Camus
Der Fremde
Bruno Ganz liest
3 Toncassetten im Schuber
(66024)

Truman Capote
Frühstück bei Tiffany
Ingrid Andree liest
3 Toncassetten im Schuber
(66023)

Roald Dahl
Küßchen, Küßchen!
Eva Mattes liest
Die Wirtin. Der Weg zum Himmel. Mrs. Bixby und der Mantel des Obersten
1 Toncassette im Schuber
(66001)

Louise Erdrich
Liebeszauber
Elisabeth Trissenaar liest
Die größten Angler der Welt
2 Toncassetten im Schuber
(66013)

Elke Heidenreich
Kolonien der Liebe
Elke Heidenreich liest
1 Toncassette im Schuber
(66030)

Jean-Paul Sartre
Die Kindheit des Chefs
Christian Brückner liest
3 Toncassetten im Schuber
(66014)

Henry Miller
Lachen, Liebe, Nächte
Hans Michael Rehberg liest
Astrologisches Frikassee
2 Toncassetten im Schuber
(66010)

Vladimir Nabokov
Der Zauberer
Armin Müller-Stahl liest
2 Toncassetten im Schuber
(66005)

Kurt Tucholsky
Schloß Gripsholm
Uwe Friedrichsen liest
4 Toncassetten im Schuber
(66006)

rororo Toncassetten werden produziert von Bernd Liebner. Ein Gesamtverzeichnis der Reihe finden Sie in der *Rowohlt Revue*. Jedes Vierteljahr neu. Kostenlos in Ihrer Buchhandlung.

rororo